변혁 1990

천지무천 장편소설

1

변혁 1990 1권

천지무천 장편 소설

초판 1쇄 찍은 날 § 2013년 7월 23일
초판 1쇄 펴낸 날 § 2013년 7월 30일

지은이 § 천지무천
펴낸이 § 서경석

편집부장 § 권태완
편집책임 § 박은정

펴낸곳 § 도서출판 청어람
등록번호 § 제1081-1-89호
등록일자 § 1999. 5. 31
어람번호 § 제1-1648호

주소 § 경기도 부천시 원미구 심곡2동 163-2 서경B/D 3F (우) 420-822
전화 § 032-656-4452 팩스 § 032-656-4453
http://www.chungeoram.com
E-mail § chungeorambook@daum.net

ISBN 978-89-251-3389-8 04810
ISBN 978-89-251-3388-1 (세트)

변혁 1990

천지무천 장편소설

FUSION FANTASTIC STORY

1

Contents

프롤로그

2012년 7월.

콰르릉! 번쩍!

하늘이 뚫린 것처럼 쏟아지는 빗물을 고스란히 맞았다. 눈에서는 끊임없이 회한의 눈물이 흘러 앞을 가렸다.

어디를 향해 걷고 있는지 알 수 없었다.

목적지도 없이 무작정 걸었고, 방향 감각이 사라진 지 오래였다.

머릿속에 떠오르는 것은 후회와 죽음뿐이었다.

이번만큼은 자신했다.

모든 상황을 살피고 또 살폈다.

최악의 과정까지 면밀히 체크하고 또 체크했다. 주변 상황은 변함없이 순조로웠다.

옵션 만기일이었지만 크게 변동은 없었다.

실물 경제가 살아나고 있었고, 국내 기업들도 수출이 호조를 보였다.

외국인들도 연일 주가를 떠받치면서 주식을 계속해서 매입했다.

여동생의 결혼 자금과 살고 있던 집의 전세금을 빼내어 지수 상승인 콜옵션에 모두 걸었다.

철저하게 준비한 나의 예상은 틀리지 않은 것처럼 보였다. 그동안 날린 돈을 모두 만회하고도 남을 돈이 시뻘건 색으로 표시되어 있었다.

한동안 웃음을 잃었던 입가에도 저절로 미소가 서렸다.

자신감이 넘쳐흘러서일까, 두 주먹에는 불끈 힘이 들어갔다.

6개월 동안 막노동을 해서 그런지 팔뚝은 검게 타 있었다. 대학을 졸업한 후부터 불효자라는 이름표를 달고 살았는데 이젠 모두 털어 버릴 수 있는 날이 온 것이다.

경제적인 문제로 잠시 헤어져 있는 수진에게로 다시 다가

갈 수 있는 자신감이 생기는 날이기도 했다.

지수는 예상대로 장 막판이 되자 더욱 달아올라 가고 있었다.

"조금만 더! 조금만 더!"

마우스를 쥐고 있는 손에 땀이 찼다.

지금까지 잃은 돈을 모두 찾고도 일억이라는 거금이 생기는 순간이다.

이때다 싶어 손가락에 힘을 주어 마우스를 누르려는 순간, 지수가 엄청난 속도로 떨어지기 시작했다.

단 몇 초 사이에 모든 게 바뀌어져 버렸다.

한 걸음만 내디디면 바로 천국이었다. 그런데 어떻게 된 일인지 지옥에 들어와 있었다.

눈앞에 있는 모니터가 보이지 않았다.

심장이 멈춰 버린 것 같았다. 모든 생각이 말라 버린 것처럼 머릿속이 하얗게 텅 비어졌다.

아무것도 떠오르지 않았다. 어느 순간부터 오한이 든 것처럼 온몸이 떨려왔다.

"어, 어, 어떻게… 어떻게 된 거야?"

말조차 제대로 나오지 않는 입에서는 고인 침이 떨어져 내렸다.

허벅지에 흥건히 고인 침이 바닥으로 떨어질 때쯤 정신없이 키보드를 두드렸다.

빨간 글씨로 방금 벌어진 일에 대한 속보가 전해졌다.

전해진 소식에는 일본의 증권회사인 노무라와 도이치에서 엄청난 프로그램 매도 물량이 쏟아져 나왔다는 것이다.

그것도 동시호가에 쏟아진 물량이 무려 2조 원이 넘는 외국인 물량이었다.

멍해진 눈에서 한 방울의 눈물이 키보드 위로 떨어져 내리는 순간, 모니터를 집어던지고 밖으로 뛰쳐나왔다.

지금 날린 돈도 문제였지만 증거금으로 채워 넣어야 할 돈이 일억에 가까웠다.

이젠 죽음밖에는 답이 없었다.

한순간 잠시나마 꿈꾸었던 모든 것이 휴지조각이 되어 날아가 버렸다.

* * *

죽을 방법을 고민하다 불면증에 시달려 처방 받은 수면제를 모두 갖고 나왔다.

수면제가 모자랄 것 같아서 약국을 돌며 수면제를 모았다.

날도 제대로 골랐다.

콰쾅! 번쩍!

밤하늘에 번개가 무섭게 한 건물 위로 내리쳤다.

밝아진 건물 뒤편으로 산이 보였다.

"그래, 저곳에서 죽자."

눈앞에 보인 곳은 가끔 머리를 식히기 위해 올랐던 산이었다.

높지는 않았지만 정상으로 향하는 길목은 바위가 많아 꽤나 난코스였다.

번개가 치고 비마저 무섭게 내려서 그런지 등산객은 눈에 띄지 않았다.

올라가는 길은 내리는 폭우로 이미 진창으로 벼해 버렸다.

몇 번을 미끄러지고 구르며 올랐다.

올라가는 도중 바위에 걸쳐진 밧줄을 놓쳐 뒤로 떨어졌지만 다치지는 않았다.

떨어진 곳이 빗물에 진흙탕으로 변해 있었기 때문이다.

미끄러운 바위와 씨름한 지 20분 후 목적지인 정상에 올라설 수 있었다.

정상은 등산객들이 올라서기 쉽도록 평평한 바닥으로 만들어져 있었다.

한눈에 서울의 야경이 들어왔다.

늦은 오후이긴 했지만 먹구름 속에 가려 서울은 무척이나 어두워져 있었다.

하나둘 들어오는 가로등과 빌딩에서 내비치는 불빛으로 인해 밝아져 갔다.

천천히 시야에 들어오는 풍경을 바라보았다.

마침 부모님이 살고 있는 동네가 한눈에 들어왔다.

젊은 시절부터 고생만 하셨던 부모님이다.

오로지 자식이 잘되기만을 바라시며 한평생을 살아오신 것에 생각이 머물자, 말랐던 눈가에서 다시 눈물이 쏟아져 내렸다.

몰려오는 자괴감과 서러움에 땅을 치며 대성통곡했다.

그리고 부모님이 계시는 방향을 향해 큰절을 올렸다.

나는 내 자신을 망쳐 버린 인간들이 있는 여의도를 노려보았다.

우뚝 선 63빌딩을 선두로 높게 올라선 빌딩들이 눈에 들어왔다.

"한 번만 더 기회가 있다면 너희를 절대로 가만두지 않을 것이다."

회한의 말이다. 아니, 바람이었다.

모든 것이 끝난 마당에 하는 넋두리였다. 등에 짊어지고 온 가방을 내려놓았다.

평생 어떻게 살까 고민했었다. 또한 나는 어떻게 죽을까 가끔 생각을 해보았다.

하지만 비 오는 날 산 정상에서 죽을 거라고는 생각지도 못했다.

가방에서 약통을 모두 꺼내놓았다.

그때 집에서 가져온 약통 중 파란색의 약통이 눈에 들어왔다.

생각 없이 책장에 올려놓은 약통을 모두 가방에 쓸어 넣어 왔다.

파란색 약통을 보니 쓴웃음이 나왔다.

잘난 부모덕에 밥 먹듯 미국에 드나드는 친구 놈이 술자리에서 건네준 약이다.

미국에서 엑스터시를 능가하는 신종 마약으로 뇌를 바로 자극해서 극도의 흥분과 만족감을 순식간에 주는 약이라고 했다.

또한 이 약은 평소 전부 쓰지 못하는 뇌를 극한까지 사용할 수 있다고 했다. 하지만 그 시간이 단 30분이라고 했다.

친구는 중독성이 너무나 강해 가루로 만들어 물에 희석시켜 먹은 후 흥분감만 즐긴다고 말했다.

우울증을 치료하기 위한 목적으로 만들었던 제약회사의 약이 뒤로 흘러나와 성분을 알 수 없는 약과 섞여 마약으로 변질된 것이다.

가져온 약통에서 꺼낸 수면제와 함께 친구가 준 약도 입에

털어 넣었다.

약을 삼키기 위해 준비한 소주를 입도 떼지 않고 다 마셨다. 마치 물을 마시는 것처럼 쓰지 않았다.

지금 처한 현실이 비참해서인지 전혀 술맛을 느낄 수 없었다.

유서를 남길까도 했지만 돌아본 내 인생이 너무나 한심스러워 채 두 줄도 쓰지 못하고 그만두었다.

벌러덩 뒤로 드러누워 먹물처럼 까만 먹구름만 보이는 하늘을 쳐다보았다.

"씨발! 내 인생처럼 똑같구나."

죽는 날을 잘도 골랐다.

화창한 날은 내 인생과 맞지 않았다.

마약 기운이 돌아서 그런지 졸리면서도 머리는 왠지 상쾌했다.

떨어지는 빗방울 하나하나가 느리고 선명하게 보였다.

번쩍!

빗방울이 전부가 아니었다.

너무나도 눈부시고 새하얀 빛이 나를 향해 다가오고 있었다.

"아름답구나."

나는 손을 들어 그 빛을 맞이했다.

환한 빛은 너무도 아름답고 엄마 품처럼 따뜻했다.

*　　　*　　　*

2013년 10월.

정확히 1년 후에 미국의 충격적인 디폴트 선언에 따른 달러의 붕괴는 전 세계를 경악으로 몰고 갔다.

세계를 움직이는 보이지 않는 손에 의해서 치밀하게 계획되고 만들어진 시나리오는 대한민국을 제2의 IMF로 달려가게 했다.

취업을 준비하던 수많은 젊은이가 미래에 대한 희망을 잃었고, 가족을 책임지던 가장들은 막다른 골목으로 내몰리게 되었다.

세계를 움직이던 달러의 붕괴 여파는 당장 석유 수급에 막대한 차질을 가져왔다.

중동의 산유국들은 일제히 종이 화폐에 대한 불신으로 금과 은으로만 석유를 공급하겠다고 선언했다.

위험한 시그널을 계속해서 보이던 미국의 경제는 지방정부와 연방정부의 막대한 부채로 인해서 내부에서부터 치유할 수 없는 암처럼 붕괴되어 있었다.

미국의 경제를 살리겠다고 자신 있게 말했던 흑인 대통령

버락 오바마의 말은 공허한 공염불로 그치고 말았다.

이미 소생이 불가능한 미국 경제는 어떠한 극약 처방에도 반응을 보이지 않았다.

그 결과 미국의 막대한 국채를 소유하고 있던 중국과 일본을 비롯한 한국의 경제는 엄청난 후폭풍을 맞이했다.

중동의 산유국들 또한 마찬가지였다.

대서양 건너편 유럽도 피해갈 수 없었다.

미국의 선언은 이미 중병을 앓고 있는 스페인, 포르투갈, 이탈리아, 그리스와 동유럽 국가들에게 생명을 연명하고 있던 산소 호흡기를 떼어 버리는 결과를 가져다주었다.

전 세계의 동시다발적인 경제 위기는 역사상 전례가 없는 일이었다.

수많은 나라에서 연쇄적인 폭동이 일어났다.

일자리와 미래를 잃어버린 사람들이 프랑스의 자유혁명처럼 들고일어났다.

하지만 이상하게도 해당 정부들은 마치 치밀하게 계획했던 것처럼 비상사태와 계엄령을 순차적으로 선언하며 군을 동원해 시민들의 자유를 빼앗아갔다.

깊은 늪에 빠져 도저히 빠져나올 수 없을 것 같던 일련의 사태들은 이상하리만치 너무나 쉽게 진정되고 빠르게 수습되어 갔다.

언론은 침묵했고, 자유를 외치던 사람들을 이끌던 지도자
들은 한꺼번에 사라진 것처럼 모습을 드러내지 않았다.
　사태를 수습하는 과정에서 세계는 마치 약속이나 한 것처
럼 하나 된 세계정부와 지구연방이라는 이름을 외쳤다.
　세계의 수많은 나라들은 아시아, 유럽, 아프리카, 아메리카
로 알려진 대륙의 이름으로 급속도로 하나가 되어갔다.
　그리고 3년 후,
　일류의 생존이 달린 무시무시한 전쟁이 일어났다.

Chapter 1

1990년.

"태수야! 태수야! 학교 안 갈 거야?"

친숙한 목소리가 들려왔다.

"밤에 뭘 했는데 안 일어나, 이놈아!"

철썩!

등이 따가웠다.

"아야! 엄마, 여기서 뭐하세요?"

이상했다. 엄마가 너무나 젊다.

꿈인가? 꿈이라고 하기에는 등 쪽에서 느껴져 오는 감각이 너무도 선명했다.

"정신 차려! 어서 씻고 밥 먹어. 수현아, 너도 빨리 일어나야지."

엄마는 멍한 나를 남겨두고 여동생 이름을 부르며 방을 나갔다.

"뭐지? 나는 분명이 번개에 맞아 죽었는데……."

비참했던 죽음이 떠오르자 자리에서 벌떡 일어나 주변을 둘러보았다.

방 안의 모습은 낯설지 않았다.

전셋집을 전전하다 처음으로 우리 집을 장만해서 갖게 되었던 내 방이다.

"이런 말도 안 되는 일이……."

거울에 비친 내 얼굴을 보았다.

행여 번개로 인해서 얼굴이 끔찍하게 다 타버린 게 아닐까 하는 마음이 들었다.

거울 속의 내 얼굴은 눈, 코, 입 모두 제자리에 붙어 있었다. 한데 너무나 어린 얼굴이다.

잠도 제대로 못 잔 상태에서 종일 모니터만 바라보던 생기 없고 푸석푸석한 중년의 얼굴이 아니었다.

양손으로 당겨본 피부는 탄력이 넘쳐났다.

"허허허! 죽지 않았어. 설마 내가 과거로……."

철석! 철석!

바로 얼굴을 사정없이 때렸다. 꿈이 아닌가를 확인해야만 했다.

"미쳤어? 왜 그래? 엄마! 오빠가 미쳤나 봐!"

화장실로 향하던 여동생이 내 모습을 보고는 소리쳤다.

*   *   *

벌게진 얼굴을 하고 학교를 향하는 버스를 기다렸다.

22년 만에 다시 고등학교를 등교하는 날이다.

그 때문인지 내 입가에는 미소가 떠나지 않았다.

계속해서 혼자 히죽거리자 주변에 있던 사람들이 나를 향해 손가락질하며 수군거렸다.

"올해가 1990년이라고 했지."

사람들의 시선은 아랑곳하지 않았다.

옛 기억이 남아 있어선지 버스중앙차선으로 바뀌기 전의 버스 노선이 생각났다.

머리 하나는 좋았었는데 항상 노력하지 않은 것이 문제였다.

버스에 올라타며 지갑을 꺼내 버스 기사가 앉아 있는 주변을 살폈다.

"뭐해, 학생? 뒤에 사람들이 기다리잖아!"

나는 교통카드 단말기를 찾고 있었다.

"아! 그렇지. 죄송합니다. 여기."

호주머니에서 꺼낸 회수권을 통에 넣고 뒤쪽으로 갔다.

교통카드를 써온 것이 무의적으로 몸에 배었던 것이다.

버스 창밖으로 22년 전의 서울의 모습이 비쳐지고 있었다.

지금의 버스는 자동으로 안내되는 방송도 나오지 않았다.

"저곳이 저랬었나?"

버스 안에서 창밖의 풍경 이곳저곳을 가리키며 혼잣말로 계속 떠들었다.

그 모습이 이상했는지 옆에 앉아 있는 사람이 뚫어지게 쳐다보았다.

승객들의 시선에 아랑곳하지 않고 내가 가고자 하는 목적지까지 입을 쉬지 않았다.

그들은 가슴이 터져 나갈 것 같은 지금의 내 심정을 모른다.

버스에서 내리자마자 크게 숨을 들이켰다.

22년 전 그 모습조차 아련한 친구들을 본다고 생각하니 가슴이 심하게 요동쳤다.

나도 모르게 두 팔을 벌려 하늘을 보고 있을 때 뒤통수가 가볍게 흔들렸다.

"뭐해?"

강호였다.

고등학교 3년 내내 붙어 다니던 가장 친한 놈이다.

하지만 내가 주식에 손댄 후 금전 관계로 크게 싸우고는 다시 보지 않았던 친구다.

그 모든 것이 나의 욕심과 이기심 때문이었다.

"강호야! 정말 반갑다!"

나는 강호를 보자마자 반가운 마음에 덥석 안았다.

"이게 뭘 잘못 먹었나? 왜 그래, 아침부터 쪽팔리게?"

강호는 기겁을 하고 나를 밀쳐냈다.

"왜 그러긴, 반가워서 그러지, 짜샤!"

"어제도 보고 3년 내내 보는데. 너 어제 무슨 일 있었냐?

강호는 황당한 표정으로 나를 보며 물었다.

"아무 일 없다. 너무너무 기분이 좋기만 하다. 하하하!"

얼굴 가득 웃음이 떠나지 않는 나를 보고 강호는 고개를 갸우뚱했다.

"아무 일 없다니까 다행인데……. 웃지 마, 인간아. 정 들어."

"미안하고 고맙다."

동문서답이었다.

지금의 상황을 어떻게 설명할 수 없었다.

그저 친한 친구를 다시 만나는 것이 너무나 좋을 뿐이었다.

"뭔 소리야?"

"하여간 그런 게 있다. 오늘 내가 떡볶이에 순대 쏜다."

"웬일이야, 짠돌이가?"

강호는 놀란 표정이었다.

"앞으로 두고 봐라. 이 형님을 알게 된 걸 가문의 영광으로 여길 날이 조만간 온다."

"그러세요, 형님. 이 몸은 그냥 떡볶이와 순대로 만족하렵니다."

"하하! 그래, 오늘은 그걸로 만족해라."

마지막 순간까지 강호에게 빌린 돈을 갚지 못한 것이 마음에 걸렸었다.

이제부터 미안함만 가득 안겨 주었던 사람들에게 보답을 할 수 있는 기회가 다시 한 번 주어진 것이다.

그리고 그렇게 이루고 싶었던 꿈을 이루어갈 수 있는 첫날이었다.

교문에 들어서자 감회가 새로웠다.

용선공업고등학교.

내가 22년 전 다녔던 학교다. 실업계 고등학교를 선택한 것은 나름대로 이유가 있었다.

중학교 3학년 때부터 갑작스럽게 가세가 기울었다.

아버지가 친구 분에게 보증을 선 것이 문제가 되었다.

집은 남의 손에 넘어가지 않았지만 12년간 운영하던 공장 문을 닫아야만 했다.

그 충격으로 적지 않은 빚과 함께 아버지의 건강이 급격히 나빠지셨다.

고등학교 때부터 아버지는 건강상의 문제로 일을 손에서 놓았다.

나는 나름대로 머리는 나쁘지 않아서 중학교 성적은 상위권을 유지했었다.

하지만 대학을 꿈꾸기에는 갑작스럽게 변한 현실의 벽이 만만치가 않았다.

하루라도 빨리 사회에 진출해서 가장 역할을 하고 계시는 엄마의 짐을 덜어드려야만 했다.

어쩌면 나락으로 떨어지게 만든 주식과 옵션에 빠져들게 된 이유도 풍족하게 돈을 벌어 고생하신 부모님을 잘 모셔야 겠다는 허울 좋은 핑계 때문인지도 몰랐다.

아니, 노력을 해도 나아지지 않고 늘 부족하기만 한 현실에서 벗어나 돈이라도 마음껏 써보고 싶은 욕망이 더 크게 작용했다.

머릿속이 여러 가지 생각으로 가득할 때였다.

“야, 이리 와봐. 그래, 너 말이야.”

교문에 들어서자마자 어제 먹은 술이 깨지 않은 것처럼 양 볼이 붉게 달아올라 있는 선생이 나를 불러 세웠다.

“저 말입니까?”

“그래, 너 말이야! 이 자식이 말을 반복하게 만들어. 배지는 어디다 팔아먹고 왔어?”

‘아차! 학교 배지.’

너무나 들뜬 마음에 가방만 챙겨 나온 것이 문제였다.

아니, 22년 전으로 돌아온 지금의 모습이 아직 익숙하지 않았다.

“재수없게 하필 미친개한테 걸리냐.”

강호는 작은 소리로 말하고는 먼저 교실로 향했다.

미친개는 나를 부르고 있는 교련선생의 별명이다.

사소한 잘못에도 미친개를 때려잡듯이 몽둥이가 먼저 나오는 선생이었다.

“죄송합니다. 옷을 갈아 입고 오는 바람에 미처 챙기지 못했습니다.”

“기억력이 그렇게 없어? 너 무슨 과야?”

“전자과입니다.”

미친개가 물어보는 데는 이유가 있었다.

학교에서 그나마 머리가 되고 공부를 하는 축에 드는 과는 세 개 정도였다.

학교의 여덟 개 과 중에서 전자와 통신, 그리고 건축과 정
도였다. 그중에 제일로 쳐주는 곳이 전자과였다.

교련선생은 아이들을 차별했다.

"생긴 건 멀쩡한 놈이 왜 그래? 저리 가서 푸쉬업 서른 개
만 하고 들어가."

운이 좋은지 미친개에게 걸린 것치고는 가벼운 처사였다.

재빨리 미친개가 가리킨 곳으로 가서 푸쉬업을 시작했다.
그곳에는 이미 아홉 명의 아이가 엎드려 있었다.

22년 만에 받아보는 벌이라고 생각하니 나도 모르게 웃음
이 나왔다.

피식!

"야, 씹새야, 우습냐?"

웃으면서 걸어가자 엎드려 있던 한 아이가 자신을 놀리는
것으로 생각했는지 다짜고짜 욕을 했다.

"어린놈이 말버릇 하고는. 생긴 대로 놀고 있네."

순간 지금의 내 모습을 잊고 있었다. 그리고 해서는 안 될
말이 나왔다.

내 기억이 맞는다면 황당한 표정으로 째려보고 있는 놈은
금속과에서 싸움으로 다섯 손가락 안에 드는 놈이다.

3학년 중에서 금속, 토목, 기계과가 학교의 짱을 놓고 다투

었다.

"오! 저 새끼가 세게 나오는데? 전자과라고 했지?"

그놈의 옆에서 장난치듯이 말하는 놈은 금속과 서열 3위를 차지하고 있는 놈이다.

키가 나보다 머리 하나가 더 컸다.

"너 이따가 보자."

나를 반드시 죽여 버리겠다는 표정이다.

"야, 이 새끼들아! 조용히 안 해! 벌 받고 있는 새끼들이 떠들고 있어! 이놈들, 안 되겠네! 다들 한 발 들어! 내리는 놈은 알아서 해! 전자과! 푸쉬업 다 했으면 빨리 들어가!"

미친개의 말에 아홉 명의 눈이 원망하듯이 나를 쳐다보았다.

교련선생의 추가적인 행동이 나를 완전히 사지로 몰았다.

*　　　*　　　*

강호는 내 이야기를 전해 듣고는 걱정스럽다는 듯 말했다.

"하필 그놈을 건드리냐. 그 새끼가 이번에 서린상고 애를 완전히 묵사발로 만들어놨잖아. 다구발이 장난이 아니라고 하던데."

아니, 공포심을 심어주고 있었다.

정신적인 나이는 마흔 살이었지만, 몸은 정신을 따르지 못하는 열여덟 살이다.

'잘못하면 어린놈에게 맞게 생겼구나.'

강호의 말에 주변 아이들이 심히 걱정된다는 눈초리를 보냈다.

섣불리 나섰다가는 자신들에게도 불똥이 튈 수 있겠다는 표정이다.

더구나 그놈들 뒤에는 학교를 졸업한 후 폭력 조직에 들어간 선배들이 버티고 있었다.

"됐다. 내가 알아서 할게."

"네가 어떻게 알아서 해. 그래, 시발, 죽기야 하겠냐? 이 형님도 나서주마."

강호는 큰 결심을 한 듯 비장한 표정을 지었다.

그때였다.

"무슨 일이냐?"

심각하게 이야기를 나누고 있는 사이 이신구가 다가왔다.

신구 또한 학창 시절 친한 친구 중 하나이다.

반에서 주먹으로 잘나가는 친구였다. 학교 내 불량 서클인 용맥의 일원이기도 했다.

용맥은 타 학교에 대항하기 위해 특정 과에 얽매이지 않은 아이들이 모인 단체였다.

한마디로 싸움깨나 하는 아이들이 뭉쳐 있는 불량 서클이
었다.

"시발! 태수 좆 됐다. 금속과에 무식한 새끼 있지?"

"누구 말이야?"

"아, 있잖아. 수틀리면 다구발 잡는 새끼."

"아, 김수열? 그 새끼가 왜? 시비 걸든?"

신구는 의자를 끌어다 앉으며 물었다.

"그 새끼하고 태수가 아침에……."

강호는 자신의 일처럼 자세히 신구에게 설명했다.

"그 새끼 성깔이 더러워서 웬만해선 우리도 건드리지 않는
놈인데. 평소 같지 않게 왜 그랬냐? 네가 피하면 그만인데. 그
놈이 같은 용맥이라서 내가 나서면 큰 싸움으로 번질 수도 있
는데."

신구는 안타까워했다.

용맥의 규칙상 같은 클럽의 일원이 학내에서 시비가 일어
나면 간섭하지 않는 것이 불문율이었다. 더구나 상황을 들어
보니 태수가 시비를 건 상황이다.

"괜찮아. 내가 알아서 할게. 하여간 신구야, 너도 무척이나
반갑고 오랜만이다."

신구는 나이가 들면서 머리가 빠져 고민을 많이 했었다.

하지만 지금은 무스와 스프레이로 긴 머리가 빳빳하게 정

돈되어 있었다.

신구와도 금전적인 거래를 했지만 나의 실수를 크게 탓하지 않은 멋진 놈이었다.

"미친놈. 또 헛소리하네. 신구도 어제 보고서 왜 그래? 맞을 것 생각하니까 머리가 어떻게 된 거 아냐?"

강호는 내 말에 황당하다는 표정이다.

"누가 맞는다는 거야?"

그때 뒤쪽에서 상큼한 목소리가 들려왔다.

"한송이! 여전하구나!"

나는 뒤를 돌아보며 큰 소리로 외쳤다.

그 소리에 반 아이들의 시선이 모두 나에게로 쏠렸다.

"보라고. 이 새끼 정말 미쳤다니까."

진지한 표정까지 연출한 강호의 말에 순간적으로 정적이 흘렀다.

정적은 그리 오래가지 못했다.

교실 문이 열리며 그리웠던 한 인물이 들어왔다.

고등학교 3년 중에 2년이나 담임을 맡았던 이재철 선생님이었다.

스르르!

"웬일이야? 이렇게 조용하고. 자, 자리에 가서 앉아라."

내 자리에 있던 강호와 태수는 각자 자신의 자리에 앉았다.

옆자리에는 얼굴이 빨개진 송이가 앉았다.

"왜 그랬어?"

조용한 목소리로 나에게 묻는 송이의 모습이 무척이나 귀여웠다.

송이는 학교를 졸업하고 2년 후에 이민을 떠났다.

공부도 잘했고 성격도 똑 부러진 아이였다.

학교에 들어오기 전부터 캐나다로 이민을 떠나기로 계획을 세워놓고 있었다.

기술을 배워 두는 것이 이민을 가서 오히려 낫다는 생각에 본인이 직접 부모님을 설득해 이 학교로 오게 되었다.

이런 송이가 순탄치 않은 결혼 생활 후 이혼을 했다는 소식을 7년 전에 우연히 들었다.

"네가 너무 반갑고 귀여워서."

주책없게도 불혹의 나이에 비친 송이는 정말 귀엽고 예쁘기만 했다.

송이는 내 말에 더욱 홍당무가 되어 고개를 들지 못했다.

"한송이, 어디 아파? 얼굴이 왜 그리 빨개? 아프면 양호실에 빨리 가봐."

송이의 모습에 담임선생이 물었다.

"아니에요. 괜찮습니다."

송이는 간신히 선생님에게 들릴 정도의 목소리로 대답했다.

“그래, 아프지 않으면 다행이다. 자자, 간단히 말하고 끝내 겠다. 이번 체육대회 때 우리 과에서 축구와 농구에 출전한 다. 이번에 우승하면 부장선생님께서 크게 한턱낸다고 하셨 다. 만날 다른 과 들러리만 설 게 아니라 이번 기회에 우리 전 자과도 우승 한번 하자.”

남녀 공학이기도 한 용선공고는 전자와 통신, 건축과에만 여학생이 있었다. 그러다 보니 세 개의 과는 남자 학생 수가 다른 과에 비해 절반밖에 되지 않았다.

다른 과보다 부족한 인원에서 선발하다 보니 우수한 재원 이 부족했다.

그래서 그런지 체육대회 때에 예선전도 통과 못할 때가 많 았다.

“알았지?”

말을 마친 담임은 자신의 앞머리를 쓸어 올렸다.

앞 머리카락이 눈에 띄게 부족해 뒷머리를 끌어다 활용했 었던 덕분에 날대머리라는 별명을 가지고 있었다.

바람이 많이 부는 날이면 그리 많지 않은 긴 머리카락이 용 이 승천하듯 하늘로 치솟았다.

하루는 갑자기 불어온 돌풍에 의해 머리카락들이 바로 옆 에 있던 영어선생의 얼굴을 덮쳤다.

머리카락을 떼어내기 위해 손사래 치던 영어선생에 의해

천연기념물처럼 보호하던 머리카락이 십여 가닥이나 뽑히는 대형사고가 일어났었다.

그날은 지옥의 입구가 개방된 날이었다.

하루 종일 날대머리의 분신인 정의봉에 당한 친구가 부지 기수였다.

나 또한 그날을 피해갈 수 없었다.

"네, 알겠습니다."

건성으로 대답하던 목소리 중에 내 소리가 가장 컸다.

학창 시절 소극적이었던 내가 이례적으로 자신 있는 목소리를 내자 나를 보는 이재철 선생의 눈이 커졌다.

"반장이 선수 선발해서 명단 갖고 오도록. 그리고 태수는 꼭 선수로 선발해라. 그럼 이상!"

"차렷! 선생님께 경례!"

선생님이 인사를 받고 나가자마자 강호와 신구가 나에게로 다가왔다.

"이 새끼 정말 미쳤나. 생전 안 하던 짓을 하고 그러냐. 움직이기 싫어하는 놈이. 그리고 네가 지금 체육대회 걱정할 때야?"

"인마, 점심시간에 그놈들이 올 텐데 걱정도 안 되냐?"

강호와 신구는 벙찐 표정들이다.

"잘 되겠지, 뭐. 너무 걱정하지 마라."

내가 태평스럽게 말하자 두 사람은 서로를 쳐다보며 고개를 흔들었다.

*　　　*　　　*

기억이 정확할지 모르겠지만, 아니, 정확할 것이다. 지금 머릿속에는 마치 퇴색된 흑백사진이 아닌 너무나도 선명한 컬러사진같이 또렷하게 기억이 떠올랐다.

나는 이렇게나 명랑하고 태평한 성격이 아니었다. 더구나 조금 있으면 땅바닥에 뒹굴고 있을 나를 생각한다면 말이다.

지금이 아닌 22년 전의 나는 조금은 내성적이고 소심한 성격이었다.

머리는 나쁘지 않았지만 모든 일에 노력과 열심을 내지 않았다. 그렇다고 뒤처지거나 눈에 크게 띄는 행동도 하지 않았다.

그저 어디서나 쉽게 볼 수 있는 평범한 인물이었다.

한데 내가 왜 이리 바뀌어 있는 걸까? 죽었다가 다시 살아나서일까? 아니, 그것도 아닐 것이다.

다시 살아난 것이라면 고등학생의 모습이 아닌 아무것도 이룬 것 없는 초췌하고 사회에서 퇴물로 여기는 중년의 남자 모습이어야 한다.

‘왜지? 무엇 때문에 이런 모습으로 올 수 있었지? 이게 소설에서 읽었던 타임 슬립인가?’

수업이 시작된 후에도 이런 질문들이 계속해서 머릿속을 떠나지 않았다.

그때 무언가 내 눈앞으로 빠르게 날아왔다.

‘잡을까, 피할까?’

찰나의 순간 든 생각이다.

결정을 내렸다.

나는 살짝 고개를 옆으로 옮겼다.

“아야!”

분명 나를 향해 날아온 분필에 애꿎은 피해자가 생겼다.

또한 이 행위로 인해서 자존심에 금이 가는 인물이 생겼다. 그리고 바로 큰 목소리가 들려왔다.

“너 일어나봐! 너 이름이 뭐야?”

“저 말입니까?”

나는 다시 반문했다.

“그래! 수업 시간에 계속 다른 곳을 쳐다보며 뭘 생각하고 있었어? 내 수업이 그렇게 싫어? 그럼 나가라고 했지!”

재수 없게 걸렸다.

수업 중에 항상 수업 태도를 지독히 따지던 선생으로 일본어를 가르치는 불도저였다.

자신의 생각을 이해시키기보다는 학생들에게 무조건 강요하기만 해서 붙은 별명이다.

"아닙니다. 열심히 공부했습니다."

"뭐? 이 새끼가 나를 놀리나?"

다짜고짜 욕이 나왔다.

이제 최소한 엉덩이에 피멍은 각오해야 했다.

"지금 배운 거 읽어봐. 아니, 앞장부터 쭉 읽어."

히라가나와 가다가나는 알았지만 일본어 문제는 한자였다. 불도저가 가리킨 페이지는 한자 위에 발음 기호가 없었다. 아이들의 측은한 눈길이 바로 느껴졌다.

한데 아이들의 예상과는 달리 내 입에서는 책을 보지도 않고도 일본어가 술술 흘러나왔다. 내가 생각해도 이해할 수 없었다.

[음! 발음도 괜찮군. 좋아, 한눈팔지 말고 열심히 해. 내가 지켜볼 거야.]

[감사합니다. 더욱 노력하겠습니다.]

"우아!"

불도저선생과 일본어로 주고받는 대화를 지켜보던 아이들의 탄성이 터졌다.

"언제 그렇게 공부했어?"

송이가 미소를 지으며 물었다.

"그게, 아시는 분께 배울 기회가 있어서."

내 자신도 놀라워 그냥 입에서 나오는 대로 둘러댔다.

그런 나를 보는 송이의 표정이 처음보다 부드러워져 있었다.

1교시가 끝나는 종이 울렸다.

"강태수! 누가 너 부른다!"

뒤쪽에서 들려오는 소리에 고개를 돌렸다.

문밖에서 손짓하는 놈은 다름 아닌 금속과의 김수열이었다. 예상과 달리 1교시가 끝나자마자 찾아왔다.

"태수야, 나가지 마. 내가 선생님께 말하고 올게."

들은 이야기가 있어선지 송이는 걱정 어린 시선으로 말했다.

"괜찮아. 아무 일 없을 거야."

진심으로 나를 걱정하는 송이가 정말이지 예뻐 보였다.

가는 날이 장날이라고 강호와 신구는 화장실에 갔는지 보이지가 않았다.

"이 새끼야, 좆만 한 새끼가 죽으려고 깝죽대?"

김수열과 함께 온 두 명 중 스포츠머리를 한 놈이 나를 보자마자 욕을 해왔다.

"긴말할 것 없고, 따라와라. 조용하게 끝내자."

"알았다. 가자."

뒤편으로 반 친구들의 걱정 어린 시선이 느껴졌다. 섣불리 나섰다가는 험한 꼴을 당한다는 것을 알기에 누구도 나서지 못했다.

나 또한 조금은 겁이 났지만 중년의 자존심 때문에 당당하게 나갔다.

"어쭈! 겁 없는 새끼네?"

김수열의 옆에서 계속 나불대던 놈이 뜻밖이라는 표정이다.

금속과와 시비가 붙은 아이들 중 토목과와 기계과만 빼고 대부분 미안하다, 또는 잘못했다는 말로 고개를 숙이는 것이 일반적이었다.

금속과 세 명이 앞장섰고, 나는 죄수처럼 뒤를 따라나섰다.

그들이 안내한 곳은 금속과 실습동이 위치한 건물 뒤편이었다. 건물이 ㄷ자 형태라 안쪽으로 깊숙이 들어오면 밖에서 보이지 않는 구조였다.

"무릎 꿇어."

김수열이 입을 열었다.

나는 놈의 말에 호응하지 않고 뚫어지게 쳐다보았다.

"씨발 놈이, 좀 봐주려고 했는데 안 되겠네. 눈 깔아!"

"야, 그냥 조져 버려. 전자과 새끼가 어딜 기어올라 와."

스포츠머리가 바지에 양손을 넣고는 히죽거리며 양반걸음

으로 다가왔다.

"아침 일은 오해다. 널 보고 웃었던 게 아니야. 그냥 학교에 오니까 모든 게 반가워서 웃었던 거다."

"뭔 개소리야, 씨발 새끼가! 쫄았냐?"

김수열이 비열하게 웃으며 손을 들어 머리를 치려했다.

그 행동에 심장이 심하게 뛰었다.

이런 경험을 했던 것이 아득하게 느껴졌다.

군대를 제대하고 친구들과 신촌에서 술을 먹고 시비가 붙은 후 처음이다.

김수열도 문제지만 스포츠머리와 뒤로 물러나 있는 놈이 눈에 더 거슬렸다.

까만 피부에 다부진 체격이 분명 권투부에 있는 놈이 맞았다. 학교에는 운동부가 두 개 있었다.

태권도부와 권투부.

어찌 보며 두 개 부에 속해 있는 놈들이 진짜 한가락 하는 놈들이었다.

"아니. 그건 아니고."

나의 말이 김수열을 자극했다.

"이런 개새끼가!"

김수열은 다짜고짜 욕과 함께 주먹을 휘둘렀다.

주먹은 긴 호선을 그리며 턱을 향해서 날아왔다. 그런데 마치 어린아이가 휘두르는 것처럼 느리게 보였다.

'뭐야? 왜 이리 느려?'

나는 자리를 벗어나지 않은 채 가볍게 고개를 젖혀 피했다. 이런 행동에 지켜보던 권투부의 눈이 커졌다.

"씨발 놈이 장난하나!"

김수열은 당황한 눈치였다. 또다시 주먹을 이전보다 크게 휘둘렀다.

나는 오히려 한 발자국 앞으로 나서며 김수열의 가슴을 밀쳤다.

쿵!

김수열은 땅에 뒹굴며 가볍지 않은 소리를 냈다.

황당하다는 표정이다.

"아! 씨발!"

몸에 충격을 받았는지 얼굴을 찡그리며 소리쳤다.

"개새끼가 미쳤나!"

김수열이 넘어지자 스포츠머리가 달려오며 발차기를 날렸다. 꽤나 익숙한 솜씨였다.

보기에는 멋있을지 모르지만 동작이 너무나 컸다. 가슴을 향해 날아오는 다리를 옆으로 피하며 주먹으로 놈의 면상을 갈겼다.

"아악!"

스포츠머리는 땅을 뒹굴며 얼굴을 감싸 쥐었다.

본인이 달려온 속도가 더해져서 그런지 충격이 꽤나 큰 것 같았다.

"이런 개새끼!"

김수열이 땅에 있던 벽돌을 집어 들더니 그대로 내 머리를 향해 내려치려 했다. 정말이지 무식한 놈이었다.

위기감을 느껴서일까? 무의식적으로 뒤돌려 차기를 했다. 힘차게 내지른 오른발에 묵직한 느낌이 전달되어 왔다.

생각보다 멋진 발차기였다. 이런 시원한 발차기는 군대 시절 이후 처음이다.

"컥!"

김수열은 중심이 허물어지듯이 옆으로 쓰러졌다.

땅에 머리를 처박은 자신의 모습이 믿겨지지 않은 듯이 부릅뜬 눈동자가 나를 찾고 있었다.

"이름이 뭐냐?"

한마디도 하지 않고 모든 것을 지켜보던 권투부 놈이 입을 열었다. 녀석의 눈빛은 다른 놈들보다 날카로워 보였다.

"강태수다."

"처음 듣는 이름인데, 운동 좀 했나?"

"아니. 특별하게 하는 운동은 없는데?"

"그래? 몸놀림이 좋아 보인다."

“…….”

나는 답을 하지 않았다.

“오늘은 여기까지 하자. 수열이 놈한테는 내가 잘 말할 테니 걱정하지 말고. 나는 종수라고 한다. 박종수.”

박종수.

들어본 이름이다. 금속과의 실질적인 짱이었다.

권투를 하고 있는 관계로 웬만하면 싸움에 나서지 않았다. 싸움에 휘말리면 징계를 당할까 봐 직접적으로 움직이지 않는 놈이었다.

전국체전에서 동메달까지 딴 진짜 실력자였다.

박종수의 말에도 나는 긴장을 풀지 못했다.

“태수야! 태수야!”

때를 같이해 강호와 신구가 달려왔다.

반 친구들에게 말을 전해 들은 것 같았다.

“괜찮아?”

“어, 괜찮다.”

강호의 걱정 어린 말에 고개를 끄떡이며 대답했다.

아직까지 김수열은 바닥에 누워 있었다.

본인의 힘으로 일어나려고 했지만 턱을 맞았는지 계속 허우적거릴 뿐 일어서지 못했다.

스포츠머리 또한 간신히 일어섰지만 손으로 움켜쥔 코에

서는 붉은 피가 꽤나 흘러나왔다.

"상훈아, 수열이 좀 부축해라. 오늘은 여기까지만 하자."

"그렇지만 저 새끼를 그냥 두면……."

"씨발아!"

종수의 입에서 욕이 나오자 스포츠머리는 아무 말 없이 김수열을 일으켜 세웠다.

"강태수, 이번 달에는 내가 좀 바쁘다. 서울회장기배 대회가 있어. 대회 끝나고 오늘 못한 말 다시 하자."

그냥 넘어가지 않겠다는 소리다.

한 달 뒤 놈의 말처럼 그냥 있지 않을 것이 분명했다.

김수열은 스포츠머리에 의지한 채 자리를 떠났다.

놈의 눈은 나를 향해 고정되어 있었다.

절대 가만두지 않겠다는 눈빛이었다. 위험한 놈이 확실했다.

"태수야, 저 새끼들 네가 처리한 거야?"

신구는 지금의 상황을 믿지 못하겠다는 듯이 물었다.

나는 말없이 고개를 끄떡였다.

소문은 삽시간에 교내에 퍼졌다.

다른 과의 밥으로 여겨졌던 전자과에서 큰일을 저지른 것이다.

더구나 악랄한 금속과의 김수열이 피떡이 되어 자신의 발로 걸어가지 못한 것을 많은 애들이 보았다.

스포츠머리 또한 금속과에서 다섯 손가락에 들어가는 놈이었다.

다시 돌아온 학교생활 첫날부터 너무 큰일을 저지른 것이다.

*　　*　　*

집으로 돌아온 나는 하루 동안 벌어진 일을 곰곰이 생각해보았다.

22년 전의 내가 할 수 있는 일이 아니었다.

운동신경이 둔하지는 않았지만 그런 동작을 보일 수는 없었다.

박종수의 말처럼 운동을 하지 않고서는 보이기 힘든 모습이었다.

나이가 들수록 운동과 담을 쌓은 나였기에 더더욱 불가능한 일이었다. 볼록한 배에 가늘어진 팔다리.

흡사 팔다리가 나온 올챙이를 연상시켰다.

끼니조차 제때 챙겨 먹지 못하고 휑한 눈으로 6년 동안 의자에 앉아서 주식과 선물에만 올인한 결과였다.

동네에서 대놓고 담배 피던 고등학생들에게 훈계 섞인 말

한마디 하지 못하고 모른 척 지나갔었던 한심한 인간이었다.

나이가 들수록 점점 힘이 떨어지고 두려운 것이 많아지기만 했다.

세월만 축냈을 뿐 무엇 하나 이룬 것이 없었다.

주식에 미쳐서 친한 친구들을 모두 떠나보내기만 한 나약한 인생이었다.

생각해 보니 한심스럽고 찌질한 인생 그 자체였다.

"후우! 내가 생각해도 정말 거지같네."

길게 내뿜는 담배 연기가 방 안 가득 퍼졌다.

덜컥!

"이게 무슨 냄새야? 이놈이 미쳤나! 방에서 담배를 피워!"

문을 열고 들어온 엄마가 방 안 가득한 담배 연기에 놀라 소리쳤다.

'아차! 이게 아니었지.'

"하라는 공부는 안 하고 나쁜 짓만 골라 배웠네. 아이고! 너는 엄마가 고생하는 것은 생각도 안 하니! 누워 계신 아버지가 불쌍하지도 않아!"

엄마의 한탄이 귀전을 때렸다.

"죄송합니다. 엄마, 다시는 그러지 않을게요."

나는 의자에서 내려와 바로 무릎을 꿇었다.

20년 동안 불효만 한 지난날이 떠오르자 뜨거운 눈물이 하염없이 떨어졌다.

"앞으로 엄마를 실망시키는 일을 절대로 하지 않을게. 한 번만 용서해 주세요."

닭똥 같은 눈물이 방바닥을 적시자 엄마는 말없이 나를 바라보며 말했다.

"정말이냐? 이 엄마가 바라는 대로 해줄 수 있어?"

나의 모습에 엄마의 목소리가 누그러졌다.

"예, 할 수 있어요."

"그럼 이번 중간고사에 성적 좀 올려서 아버지 기분 좀 나아지시게 해라. 요새 더 몸이 안 좋아지신 것 같다. 그러면 오늘 일은 아버지께 말하지 않으마."

눈물을 훔치시며 말하는 엄마의 모습을 바로 쳐다볼 수가 없었다.

"아버지에게도 엄마에게도 자랑스러운 아들이 될게요. 변할게요. 또 열심히 공부할게요."

고개를 들지 못한 채 울먹이며 말하는 나의 모습에 엄마는 조용히 방을 나가셨다.

엄마가 나가고 나서도 나는 울음을 멈출 수가 없었다.

후회스런 지난날의 모습이 가슴을 너무나도 아프게 찔러왔다.

"그래, 이제는 정말 제대로 살아가는 거야. 죽어도 여한이 없을 정도로."

　나는 다시는 후회하는 삶을 살지 않겠다고 입술을 베어 물었다.

　다시 살게 된 인생을 이제는 정말 더 이상 낭비하고 싶지 않았다.

Chapter 2

생활은 다음 날부터 완전히 바뀌었다.

새벽 5시에 일어나 운동을 시작했다. 살고 있는 동네를 넓게 한 바퀴 돌았다.

내가 과거로 오기 전에는 재개발로 인해서 동네가 완전히 사라지고 없어진 상태였다.

"휴우! 상쾌하네. 동네에 저런 곳이 있었나?"

온몸에 땀이 흥건히 배도록 뛰었다.

지친 몸을 추스르고 있을 때, 눈에 들어온 것은 낡은 체육관이었다. 간판도 낡고 빛이 바래 있었다.

자세히 살펴보지 않았다면 체육관이라고 보기에도 힘든 모습이다.

간판에는 태권도나 합기도가 아닌 무도(武道)라는 두 글자만 적혀 있었다.

2층 창문에 그려져 있는 그림들을 통해서 그곳이 체육관임을 알 수 있었다.

호기심이 발동한 나는 2층으로 발걸음을 옮겼다.

이른 아침이라 문이 열려 있지 않겠지만 내부를 살펴보고 싶었다.

올라가는 계단도 컴컴하고 지저분했다.

"청소라도 좀 하지. 이걸 보고 오고 싶은 사람이 있으려나."

생각했던 대로 문은 닫혀 있었다.

닫힌 유리문 뒤로 천장에 매달린 샌드백과 여러 가지 보호 장비들이 어지럽게 널려 있었다.

"별 볼일 없구면. 차라리 이종격투기라도 가르치는 곳이라면 모를까. 하긴 아직 나올 시기가 아니지."

"무슨 말이냐? 이종격투기라니?"

갑자기 시커먼 물체가 얼굴 옆으로 다가오며 물었다.

"아악! 깜짝이야!"

분명히 아무 인기척도 없었다.

"사내놈이 간이 그렇게 작아서야. 배우러 왔으면 들어와 라."

닫힌 문을 여는 사내는 큰 체격이 아니었다.

며칠 동안 면도를 하지 않았는지 얼굴에는 거친 수염이 뒤 덮고 있었다.

'뭐하는 사람이야? 기척도 못 느꼈는데.'

"뭐해? 안 들어와?"

"아닙니다. 다음에 오겠습니다."

"다음은 없다. 이번 주에 체육관을 정리하려고 하니까."

말을 마친 사내는 주변에 어지럽게 널린 보호 장비를 치우 기 시작했다.

'그럼 그렇지. 망한 체육관이었구나.'

"강해지고 싶냐?"

속마음을 들킨 사람처럼 놀라 대답했다.

"네에."

"강해지고 싶어서 찾아온 것 아니야?"

사내의 뜻밖의 질문에 대답할 말이 없었다.

그냥 호기심에 올라왔지 배우려고 온 것은 아니다. 하지만 사내의 말에 묘한 호기심이 발동했다.

남자라면 누구나 원하고 바라는 원초적인 단어가 강함이 다.

하긴 죽기 전에, 아니, 이곳에 오기 전에 강한 남자라는 이
름으로 한참 인기를 끌고 있던 책을 정말 재미있게 보았다.

사내의 말에 다시금 열려진 체육관을 자세히 살펴보았다.

낡고 지저분한 벽에는 말랐지만 핏자국이 선명했다. 그것
도 한두 군데가 아니었다.

사내가 때마침 집어 든 보호구에도 피가 묻어 있었다.

'뭐야! 장난이 아니네. 뭘 했기에 이 정도야?'

"여기서 배우면 강해질 수 있습니까?"

궁금함에 사내에게 되물었다.

"시키는 대로만 하면 강해질 수 있다."

'후후! 꼭 영화에나 나올 대사 같네.'

"왜? 아닌 것 같아?"

순간이지만 사내는 웃고 있는 나를 본 것 같았다.

"아닙니다."

사내는 들고 있던 보호 장비를 한쪽으로 던져놓고는 샌드
백이 있는 곳으로 걸어갔다.

긴 호흡을 내뱉은 사내는 짧은 기합과 함께 샌드백을 쳤다.

'뭘 한 거야?'

사내는 뻗은 손을 거둬들였다. 그러자 샌드백이 터지며 모
래가 줄줄 흘러내렸다.

"치워라!"

사내의 목소리에는 위엄이 실려 있었다.

말을 마친 사내는 관장실이라고 쓰여 있는 문으로 향했다.

"예!"

난 나도 모르게 큰 소리로 답하며 샌드백이 있는 곳으로 달려갔다.

모래가 흘러내리는 샌드백은 두껍고 질긴 가죽으로 만들어져 있었다.

"샌드백이 사람이었으면 그냥 죽는 것 아니야."

사내가 샌드백을 향해 손을 뻗을 때 너무나 빨라 자세히 보지 못했다.

하지만 샌드백에서 손을 떼어낼 때는 확실히 보았다. 손이 완전히 샌드백의 뚫고 들어갔었다.

사내가 주먹을 편 상태로 행한 일이다.

안으로 들어오자 더욱 선명하게 핏자국들이 보였다.

마룻바닥 곳곳에도 핏자국이 스며들어 굳어 있었다.

"살벌하네. 무슨 무술을 배우기에 이런 거야?"

처음에 들었던 선입감이 완전히 바뀌어 버렸다.

덜컹!

"두 달에 오만 원이다. 이곳은 문을 닫으니까 여기로 찾아와라."

이때의 물가로 보면 생각보다 비쌌다.

사내가 건네준 종이에는 주소와 전화번호가 적혀 있었다.

한데 정면으로 마주한 사내의 왼쪽 눈에는 검은 눈동자가 없었다. 더구나 그 눈 아래에는 길게 찢긴 흉터가 자리하고 있었다.

"이름은?"

입가에 웃음을 보이며 말하는 사내의 인상이 조직폭력배보다 험악해 보였다.

"강태수입니다."

"잘해보자."

종이를 받은 나는 위압감에 고개를 숙이며 대답할 수밖에 없었다.

"휴우! 얼굴로 90프로는 먹고 들어가는구나. 어떡하나. 안 오면 죽인다는 표정이었는데."

체육관을 나서자마자 나도 모르게 안도의 긴 한숨이 나왔다.

*　　　*　　　*

학교 교문을 들어서자 아이들이 나를 보며 수군거렸다.

"얼굴에 뭐가 묻었나?"

손을 들어 얼굴을 문질렀다.

그때 뒤에서 어깨를 감싸는 친근한 목소리가 들렸다.

"오! 우리의 용사 강태수."

강호였다.

"왔냐? 무슨 소리야? 용사라니?"

"자식! 네가 어제 한 일도 기억 못하냐?"

강호의 말에 아이들이 무엇 때문에 나를 쳐다보는지 이해가 되었다.

금속과 애들과 싸운 일이 교내 전체로 소문이 퍼진 상태였다.

"운이 좋았지. 너하고 신구가 제때에 와주었기 때문에 싸움이 끝난걸."

"오! 이런 겸손까지. 달라졌어. 정말 딴사람 같네."

강호의 말에 내 자신이 바뀌었다는 것이 와 닿았다.

무엇이 이리도 나를 달라지게 한 것일까?

수업이 시작되자 의구심은 더욱 더해갔다.

수업 중에 들리는 영어선생님의 말이 너무나 쉽게 느껴졌다.

교과서를 한두 페이지 읽어본 후에는 후루룩 국수를 먹듯이 책장을 넘겨 버렸다.

고등학교 졸업 후 사회에 나가자 대학 졸업장이 절실히 필요하다는 것을 느꼈다.

고등학교만 졸업해서는 사회는 그저 허드렛일만 하는 기능공 취급을 했다.

그런 생활을 벗어나기 위해 대학 입시를 준비했고 열심히 했다.

그때만큼 공부를 절실히 한 적이 없었다.

그 시절 졸린 눈을 비비며 외웠던 문법과 단어들이 머릿속에 이미 들어 있던 것처럼 선명하게 떠올랐다.

수업이 시작된 지 30분이 흘러가자 영어선생님의 설명이 지겨워졌다.

"아함!"

'아차, 또.'

하품 소리가 컸다.　　.

따가운 시선이 바로 느껴졌다.

"이리 나와!"

앙칼진 선생님의 목소리였다.

영어선생은 올해 서른을 훌쩍 넘겼지만 아직 짝을 찾지 못한 노처녀였다.

더구나 자신이 좋아해서 마음을 주었던 물리선생이 올해 다른 여자와 결혼하고 말았다.

그래서 그런지 더욱 늘어난 잔소리와 함께 사소한 일에도 쉽게 넘어가지 않았다.

"죄송합니다."

"뭐가 죄송해? 왜, 못 따라오겠어? 알아듣지 못하면 조용하게라도 있어야지. 싸가지 없는 행동은 너희 부모님이 가르치셨니?"

용서를 빌었지만 작정이라도 한 듯 잔소리를 퍼붓기 시작했다.

'오늘 매직이라도 걸렸나. 애먼 부모님을 왜 들먹거려?

"선생님, 말씀이 지나치십니다. 제가 잘못한 것은 알겠지만 부모님까지 들먹거리시는 건 너무하십니다."

휘익!

"맞아요!"

나의 말에 휘파람 소리와 함께 동조하는 목소리가 들렸다. 친구들도 영어선생의 노처녀 히스테리에 희생됐던 동지들이다.

"조용히 안 해! 이것들이 정말!"

영어선생의 앙칼진 소리에 응원하던 친구들의 목소리는 바로 꼬리를 내렸다.

"건방지게 어디서."

친구들의 반응이 마음에 안 들었는지 영어선생은 얼굴이 벌겋게 달아올랐다.

몹시 흥분한 상태였다.

상황이 좋지 않았다.

"선생님, 오해하지 않으셨으면 합니다. 저는 무척이나 영어 시간을 좋아합니다. 작년까지만 해도 영어에 흥미가 전혀 없었는데 선생님을 만나고 나서부터는 생각이 바뀌었습니다. 그리고 제가 오늘 평소보다 일찍 일어나는 바람에 저도 모르게 하품이 나왔습니다. 정말 죄송합니다."

나는 재빨리 고개를 숙이며 재차 용서를 구했다.

"그래, 나를 만나 영어에 흥미가 생겼다고? 그 말이 진짜인지 아닌지 테스트를 해보면 알겠네."

영어선생은 내가 말로 넘어가려는 것으로 생각한 것 같았다.

영어선생은 표정이 바뀌며 자신 있는 눈웃음을 지었다. 내가 테스트에 절대로 통과하지 못할 거라고 확신에 찬 모습이다.

그녀의 수첩에는 아이들의 2학년 때 영어 성적이 고스란히 이름과 함께 적혀 있었다.

"영어로 일단 네 소개부터 하고, 구체적으로 어떤 부분이 나로 인해 달라졌는지도 영어로 이야기해 봐."

"휴우!"

"아!"

뒤쪽에서 긴 한숨 소리와 안타까운 탄성이 연속으로 들렸
다.

애들은 뺑덕어멈에게 당하는 나를 머릿속으로 그리고 있
을 것이다.

영어선생은 얼굴이 모나지 않았기에 젊은 시절에는 꽤나
인기가 있었다고 했다.

하지만 거친 아이들과의 생활과 해피엔딩으로 끝나지 않
은 개인적인 연애사로 인해 어느새 그녀의 별명은 뺑덕어멈
이 되어 있었다.

[이러한 기회를 주신 선생님께 무척 감사드립니다. 저는 일
남 일녀 중 장남으로 좋은 친구들과 훌륭한 선생님들이 계시
는 용선공업고등학교 전자과에 다니는 강태수라고 합니다.
저는 작년까지만 해도 누가 보더라도 형편없는 학생이었습니
다. 뚜렷한 목표와 꿈도 없이 하루하루를 허무하게 흘려보내
고 있었습니다. 하지만 권수현 선생님을 만나고 난 후부터 저
의 생활은 달라지기 시작했습니다. 처음은 쉽지 않았습니다.
저의 생활 습관을 하나하나 바꾸어 나가야 했으니까요. 먼저
새벽에 일어나 영어 단어와 함께 오늘 배울 부분을 예습했습
니다. 또한 학교를 마치고 난 후에는 배운 부분을 복습하고
문법을 공부했습니다. 저에게 행운이 찾아온 건지 옆집에 외
국인이 이사와 그분에게 영어를 배울 수 있게 되었습니다. 이

모든 것이 권수현 선생님께서 저에게 동기를 부여해 주신 덕분입니다. '우물 안의 개구리로 살지 않기 위해서는 영어는 필수다. 영어를 완전히 너희 것으로 만들 수 있으면 이 나라가 아닌 세계가 너희의 무대가 될 것'이라고 하신 말씀 때문입니다. 그래서 저는 영어에 매일 다섯 시간씩 매달렸습니다.]

내 딴에 머리를 굴려서 말을 했지만 한 달 반 만에 영어가 이 정도가 된다는 것은 말이 안 되었다.

"우와!"

아이들의 탄성과 함께 눈이 두 배로 커진 뺑덕어멈의 모습이 보였다.

짝짝짝!

"내가 교단에 선 이후 이렇게 감동과 자긍심이 든 적이 없다. 태수라고 했지? 끝나고 교무실로 와라. 지금의 네 노력과 실력이면 4년제 대학도 문제없겠다. 내가 오해해서 미안하다. 들어가서 앉아라."

박수를 치며 말하는 권수현 선생의 눈가로 옅은 눈물방울이 보였다.

환하게 바뀐 표정에는 나를 향한 깊은 관심과 애정이 담겨 있었다.

"봐, 봐! 너희도 태수를 본받아라. 태수가 한 말을 알아들은 사람 있어?"

영어선생의 말에 아이들은 꿀 먹은 벙어리가 되었다.

영어 수업이 끝나자마자 나는 권수현 선생에게 이끌려 교무실로 향했다.

*　　　*　　　*

교무실에 도착한 영어선생은 주임선생을 찾았다.

주임선생은 대학 진학을 원하는 학생들을 모두 책임지고 있었다.

용선공업고등학교에서는 우선적인 목적이 취업이었기에 대학 진학은 선택 사항이었다.

각 과에서 성적이 우수한 학생들 중에서 진학을 원하는 학생들을 선발해 보충학습 형태로 수학과 영어, 국어를 따로 가르치고 있었다.

권수현 선생은 주임선생을 만나자마자 입에 침이 마르도록 나를 칭찬했다.

당연히 교실에서 보인 영어 실력을 고스란히 주임선생에게도 선보이게 되었다.

주임선생의 눈에도 나의 실력은 탁월하게 보였다.

때마침 교무실에 있던 일본어 선생인 불도저도 테스트 장면을 보았는지 옆으로 다가와 나를 칭찬했다.

두 선생의 칭찬에 교무실에 있던 선생님들의 이목이 집중되었고, 나의 이름이 선생님들에게 알려지게 되었다.

주임선생은 바로 담임에게 전화를 걸어 나의 진로에 대해 상담을 했다.

전공을 담당하는 선생님들은 교무실이 아닌 실습동에 자리가 마련되어 있었다.

떡 줄 사람은 생각지도 않은데 자신들끼리 가능한 대학의 이름을 나열하기 시작했다.

이대로라면 충분히 서울에 있는 4년제 대학은 가능하다는 말로 보충학습을 당연히 받는 것으로 가정했다.

테스트는 거기서 끝난 게 아니었다.

주임선생의 과목이 수학이라 인문고에서 3학년이라면 풀 수 있는 문제와 난이도 높은 문제를 나에게 풀라고 했다.

수학이라면 치를 떨며 싫어하던 나였기에 창피함을 당할 것이라고 생각했다. 하지만 문제를 보는 순간 바로 공식과 답이 떠올랐다.

다섯 문제 모두 너무도 쉽게 풀어버렸다.

그중 하나는 작년 학력고사에 나왔던 문제로 꽤나 어려운 문제로 손꼽혔다.

수학 문제까지 가볍게 풀어내자 그들은 상위권 대학도 가능하다면서 열변을 토했다.

22년 전에는 있는 듯 없는 듯 조용히 묻혀 지냈던 내가 갑자기 선생들에게 각광을 받는 학생으로 순식간에 바뀌었다.

교무실을 나서는 동안 주임선생은 나의 일을 교감선생님에게까지 보고하고 있었다.

"전자과, 이리 와봐."

뒤에서 나를 부르는 소리가 들렸다.

"안녕하세요."

교련선생이자 학생과 주임인 미친개였다.

"이름이 뭐냐?"

"강태수입니다."

"배지는 잘 달고 다니지?"

교련선생은 나를 기억하고 있었다.

"예."

"괴롭히는 놈 있으면 내게 와서 말해라. 선생님들이 너에게 기대가 크다. 크게 사고만 치지 않으면 내가 그냥 넘어가줄 테니 공부에 더욱 신경 써. 알았지?"

미친개의 뜻밖의 말에 어리벙벙했다.

미친개는 호불호가 분명한 선생이었다.

자신의 좋아하는 학생은 대형 사고를 치지 않으면 그냥 넘어갔다.

하지만 자신이 싫어하는 형태의 학생은 작은 잘못에도 학생실에 불려와 곡소리가 나도록 맞았다.

"예, 고맙습니다."

바뀐 상황에 어안이 벙벙했다.

이게 잘된 일인지 잘못된 일인지 분간이 안 갈 정도였다.

교실로 돌아와 친구들의 질문에는 건성으로 답했다.

머릿속에서는 한 가지 생각이 떠나지 않았다.

'머리가 좋아졌다. 내가 생가해도 너무 좋아진 것이다. 옛 기억속의 나는 이러지 않았었다. 무엇 때문에 이렇게 바뀌게 되었는지에 대한 물음이 머릿속을 떠나지 않았다.'

곰곰이 머릿속에 떠오르는 생각들을 하나둘 정리해 나갔다.

'자살을 하기 위해서… 수면제… 신종마약! 맞아, 신종마약이 뇌를 자극해서 활성화시킨다고 했지. 뇌세포가 활발하게 활동하고 평생을 써도 다 써보지 못할 뇌를 모두 사용할 수 있다고 들었다. 하지만 뇌가 활성화되는 시간이 불과 십여 분이 고작이고, 더구나 부작용과 중독성이 강하다고 했는데……. 내가 22년 전의 몸에 들어온 것도 말도 되지 않은 일이지만… 무언가가 마약의 효능을 유지시키게 한 것일까? 이 곳에서 지낸 지도 이틀이 지났지만 머리가 예전으로 돌아가

지 않았다. 아, 뭐가 어떻게 된 건지 모르겠다. 모르겠어.'

순간 머리가 아파왔다.

머리를 부여잡고 책상에 엎드리려고 할 때였다.

담임선생이 들어왔다. 전공과목인 전자기기 시간이었다.

"강태수, 어디 아파?"

담임은 들어오자마자 나에게 관심을 표했다.

아마도 주임선생의 칭찬에 기분이 좋을 것이다. 주임선생은 담임을 칭찬하며 나를 잘 가르쳤다고 말해주었다.

"머리가 좀 아파서요."

"그래? 그럼 양호실에 가봐."

"괜찮습니다."

"가서 누워 있어. 공부한다고 몸을 갑자기 혹사시키면 안 되는 거야. 어서 빨리 가봐."

담임은 내가 하루 다섯 시간 이상을 공부에 쏟고 있는 줄 알고 있다. 내가 영어선생에게 말한 것을 고스란히 전달 받았으니까.

"자! 나머지는 책을 펴고 앞을 본다."

의자에서 일어나 나는 뒷문으로 나갔다. 하지만 양호실로 가지 않고 학교 밖으로 나왔다.

수위실에는 선생님의 심부름이라고 둘러댔다.

마침 수위실에는 교련을 가르치는 학생부 선생이 있었다.

내 얼굴을 보더니 갔다 오라고 손짓했다.

가끔 실습 준비물을 사러 밖으로 나올 때가 있었지만 그때마다 철저히 확인했었다.

오늘 교무실에 있었던 일이 큰 도움이 된 듯했다.

*　　*　　*

나는 머리도 식힐 겸 학교 주변을 거닐었다.

"후후! 이곳에 아파트가 들어섰지."

허름한 집이 많았던 이곳에 30층이 넘는 아파트가 즐비하게 들어설 것이라고는 아무도 생각지 못했다.

22년 후의 미래를 내다볼 수 있는 사람은 없기 때문이다.

그 순간 머리에서 뎅 하며 큰 종이 울렸다.

'여기 있잖아.'

이틀 동안 많은 변화로 인해서 내가 22년 후에 벌어질 일을 모두 알고 있다는 것을 순간 잊고 있었다.

거기다가 어느 누구에게도 뒤지지 않는 머리를 갖게 되었다는 생각에 머물자 무엇을 해야 할지 떠올랐다.

"특허를 선점해야 한다."

수많은 생각이 머릿속을 비집고 들어왔다.

하지만 그중 제일 먼저 해야 할 일은 특허선점이었다.

세계의 유수 다국적 기업들이 선점했던 특허들과 인터넷의 발달로 급성장한 닷컴 기업들의 아이디어들이 떠올랐다.

"뭘 먼저 해야 되나."

생각이 자리 잡자 마음이 급해졌다.

세계 검색 시장의 50% 이상을 장악하고 인터넷 광고 또한 휩쓸었던 구골과 핸드폰의 핵심 칩을 만들었던 퀄킴이 떠올랐다.

또한 비아그라를 만든 세계 제일의 제약회사인 화어자도 머릿속에 자리 잡았다.

화어자의 2011년 매출액은 688억 달러였다.

아직 인터넷 기반이 자리 잡지 못하고 있는 상황이지만 그 영향력과 파괴력이 엄청나다는 것은 어느 누구보다도 잘 알고 있었다.

"그래, 이 중 어느 하나라도 내 손에 들어오게 만든다면 내가 그토록 바라던 꿈을 이룰 수 있다. 구골이 1997년도에 만들어졌으니까 앞으로 7년이나 남았고, 퀄킴은 인탈에 비해서 매출이 떨어졌지만 이익률은 훨씬 좋았지. 더구나 핸드폰은 누구나 갖고 있는 필수품이 되니까. 정보가 정확하다면 특허권을 내 것으로 만들어야 한다."

인탈은 이미 1970년에 만들어진 회사였다.

2012년 세계 반도체 시장의 점유율에 있어서 인탈은 490억 달러로 16.4%를 차지했다. 인탈은 부동의 1위였다.

그 뒤가 삼송전자로 286억 달러로 9.5%였다.

3위인 퀄킴은 99억 달러로 4.4%에 위치해 있었다.

1990년 현재에도 이미 거대 기업으로 우뚝 서 있는 기업들은 어찌할 수 없었다.

하지만 퀄킴이 소유하고 있던 CDMA 기술을 90년대에 ETRI(한국전자통신연구원)에서 상용화에 성공함으로써 본격적인 이동통신 시대가 열리게 되었고, 원천 기술을 소유하고 있는 퀄킴은 돈방석에 앉았다.

내가 알기로도 CDMA의 기술은 실리콘밸리의 한 여과학도가 창안하였고, 퀄킴은 특허권을 사들였다.

CDMA는 무척이나 상용화하기 어려운 기술이었다.

CDMA이 첫 서비스는 1992년에 미국의 서부와 한국에서는 1996년 SC텔레콤이 시작했다.

1985년도에 만들어진 퀄킴은 CDMA가 상용화되기 전에는 수백 명 정도의 직원을 두고 있었다. 그러기 때문에 퀄킴을 노려볼 만했다.

주식에 몰입했던 나는 10년 동안 각 기업의 정보와 매출을 꾸준히 머릿속에 넣고 있었다.

"우선 돈을 만들어야겠지. 그리고 머릿속에 있는 정보를 확실하게 정리해 두어야 한다."

아직은 희미하게 보이는 생각들이다.

이런저런 생각을 하며 길을 걷다가 우연히 눈에 들어온 것은 대우증권이었다.

"후후! 송충이는 솔잎을 먹어야 하나."

인터넷 증권 거래도 되지 않는 시대이다.

그동안 모든 돈을 꼬라박으며 배운 기법들은 온라인상에서 이루어졌다.

매장에 나와 직접 창구에서 거래하거나 전화로 매매되는 것이 지금의 상황이다.

매매가 이루어지는 시간에 나는 학교에 있어야 했다.

실시간으로 사고파는 것에 익숙해 있는 조급쟁이인 내가 견딜 수 있을까 하는 생각이 들었다.

더구나 지금 가지고 있는 전 재산은 주머니에 있는 3,700원뿐이다.

Chapter 3

　교실로 돌아온 이후 머릿속에는 어떻게 종잣돈을 만들까 하는 생각으로 가득했다.

　집에다 손을 벌릴 수도 없었다.

　엄마의 돈벌이는 아버지의 약값을 대기에도 빠듯했다.

　지금의 상황에서 공사판에도 나갈 수 없는 노릇이고, 신문 배달을 죽어라 해봤자 푼돈이었다.

　"뭐든지 다 할 수 있다고 생각했는데, 막상 무언가를 해보려고 하니 제약이 하나둘이 아니네."

　"무슨 소리야? 몸은 괜찮아?"

강호가 내게 다가오면서 물었다.

"아니야. 그냥 혼잣말이야."

"그래, 너 나간 후에 담임이 칭찬을 입이 마르도록 하더라."

"누굴?"

"누구긴, 내 앞에 있는 갑자기 머리가 좋아지신 분이지."

강호의 말투에서 나를 향한 약간의 질투와 부러움이 엿보였다.

"하여간에 이번 중간고사에 특별 시상이 걸려 있대. 면학 분위기를 조성하기 위해서라나. 이번에 새로 온 교장이 사십만 원을 장학금으로 준단다. 인문고에서 와서 그런가? 내 눈에는 쓸데없는 짓거리지만."

"무슨 말이야? 자세히 좀 말해봐."

내가 교실을 벗어나 있을 때 나온 이야기였다.

강호의 말을 빌리자면 이번에 새로 부임해 온 교장선생님께서 아무리 실업계 학교라지만 너무 면학 분위기가 조성되어 있지 않은 점을 꼬집어서 이야기했다고 한다.

주임선생에게서 나의 이야기를 전해 듣고서 성적 향상이 눈에 띄게 좋아진 학생을 추천 받아 두 명에게 장학금을 전달하겠다는 내용이었다.

한 명은 삼십만 원, 다른 한 명은 십만 원의 장학금이었다.

중간고사 시험은 다음 주부터였다.

'이거다. 삼십만 원이면 적지 않은 돈이다.'

가능했다. 지금의 나라면 충분히 할 수 있었다.

*　　　*　　　*

일찌감치 공부에 담을 쌓은 놈들은 벌써부터 일찍 끝나면 극장에나 가자고 말하고 있었다.

삼십만 원이 손에 들어오면 일단 가능성이 있는 주식을 손에 넣어야 했다.

한데 IMF 이전의 기업에 대해서는 별 관심을 두고 있지 않았었다.

즉, 90년인 올해 어느 주식이 대박이 났었는지 모른다는 이야기다.

'후우! 어떤 종목을 사야 하나. 짧은 기간에 돈이 되는 종목이어야 하는데.'

이미 삼십만 원이 내 손안에 들어온 것 같은 기분이다.

기억 속의 나는 2학년까지는 중간 정도의 성적이었다.

중간고사를 봐야겠지만 성적은 월등하게 올라갈 것이라는 확신이 들었다.

학교가 끝나자마자 용산전자상가로 향했다.

뭔가 좋은 아이디어가 있을까 하는 생각으로 찾았다.

용산전자상가는 아직 공사 중이었다.

나진산업, 서울전자유통, 원효전자상가, 선인산업의 시장이 개설되어 있었다.

용산전자상가는 총 20개 동이었는데 현재 18개 동이 완공되어 있었다.

때마침 관광버스 터미널상가가 1990년 3월에 완공되어 190개 점포가 장사를 시작하려 준비 중이었다.

어지럽게 물품이 널려 있고 매장을 꾸미고 있는 모습을 보니 생동감이 넘쳐 보였다.

이제 막 용산전자상가가 태동하려고 꿈틀대고 있는 모습이다.

예전 회사 일로 자주 찾았던 전자랜드는 아직 공사가 진행되지 않아 휑한 모습이었다.

용산전자상가는 좋은 기억과 좋지 않은 기억이 중첩되어 있는 장소였다.

전업 투자를 하기 전에 다니던 전자회사의 개발 일로 인해서였다.

당장 필요한 부품을 구입하지 못해서 개발 일정상에 큰 문제가 될 뻔한 일을 내 일인 양 힘써주던 직원 덕분에 무사히 지나갔던 기억이 떠올랐다.

다른 하나는 아직 나타나지 않았지만 한때 악명 높은 용팔이에게 강압과 회유에 속아서 시중 가격보다 비싸게 주고 산 소니워크맨이 떠올랐다.

"그때 그 일이 앞으로는 내게 일어나지 않겠지."

옛 생각에 웃음을 지으며 터미널상가 밖으로 나오는 순간이었다.

분위기가 심상치 않은 아이들 셋이 앞쪽에서 걸어오고 있었다.

"야! 나 알아?"

아니나 다를까, 시비를 걸어왔다.

"모르는데?"

"근데 왜 실실 쪼개며 아리냐?"

가운데 아이가 빨간색 빗으로 머리를 빗어 넘기며 내 웃음을 걸고넘어졌다.

'아! 어린 새끼들이 어른을 몰라보고. 어째 생긴 게 꼭 고릴라 사촌 같냐.'

"생각나는 일이 있어서 웃었다. 너희와 상관없는 일이니까 가던 길이나 가라."

이런저런 생각으로 인해 복잡해진 머리 때문에 아무 생각 없이 가라고 손짓했다.

"이 새끼 봐라? 세게 나오는데?"

내 말이 아이들에게 꽤나 건방져 보였나 보다.

물총처럼 이빨 사이로 침을 뱉으며 노란 머리를 한 아이가 앞으로 나섰다.

'어린놈들에게 욕먹는 것은 아직도 적응이 안 되네. 이놈들은 학교에서 잘린 놈들 같은데.'

"씨발 놈아! 눈 안 깔아!"

노란머리 뒤에 있는 놈이 자신들에게 쫄지 않고서 똑바로 쳐다보는 것에 화가 난 것 같았다.

당장에라도 달려들 것처럼 욕을 했다.

"야, 거기 뭐야? 싸우는 거야?"

때마침 트럭에 짐을 실으려고 건물에서 나오던 운전기사가 소리쳤다.

"아닙니다. 길 좀 물어보려고요."

세 놈 중에 그래도 평평한 모습을 한 놈이 머리를 만지며 말했다.

그 말에 트럭기사는 한 번 더 쳐다보다가 건물 안으로 들어가 버렸다.

"도망가면 죽인다. 따라와라."

운전기사가 사라지자마자 노란머리가 내 옆으로 바짝 다가와 조용히 말했다.

'아휴, 이 새끼 눈 봐라. 본드를 불었나. 눈의 초점이 흐릿하네.'

순간 겁이 났다.

옷차림과 머리 모양으로 봐서 크게 사고치고 학교를 그만둔 게 분명했다.

아직까지 염색을 하고 학교로 갔다가는 그대로 스포츠머리로 바뀌는 세상이었다.

'이놈들을 따라가면 안 될 것 같은데.'

학교에서의 싸움은 그나마 강호와 신구가 있어서 나설 수 있었다. 솔직히 학교에서는 보는 눈이 많았다.

몸은 고등학생이지만 지금의 육체 안에 있는 것은 40대 아저씨의 정신과 생각이었다.

어찌 보면 겉모습을 자각하지 못하고 욱한 기분에 나섰다. 그나마 학교에서는 운 좋게 끝났지만 이놈들은 격이 다른 놈들이었다.

"나는 갈 때가 있으니까 다음에 보자."

아이들을 무시한 채 선인상가가 있는 방향으로 걸어갔다.

"어어! 그냥 가면 안 되지, 씨발 놈아. 다음에 어디서 너를 봐. 좆같은 새끼야."

노란머리가 재빨리 나에게 어깨동무를 하며 막아섰다.

언제 꺼냈는지 그놈의 오른손에는 공업용 카터 칼이 들려 있었다.

옆구리 쪽으로 슬쩍 갖다 댄 칼날에서 서늘함이 느껴졌다.

"우릴 좆으로 알았냐? 저쪽으로 가자. 확 그어버리기 전에."

"크크! 저 새끼 쫄았다."

노란머리가 재차 이야기하며 카터 칼로 위협하는 모습에 나머지 놈들이 낄낄대며 웃었다.

'이런 새끼들을 봤나. 정말 좆 됐네.'

지나가는 사람들을 찾아보았다.

하지만 아직 빈 상가가 많아서인지 지나가는 사람이 눈에 들어오지 않았다.

"따라갈 테니까 칼 치워라."

나는 떨리지 않은 음성으로 차분히 말하려고 노력했다.

노란머리는 여전히 어깨동무를 풀지 않은 채 들고 있는 카터 칼로 얼굴을 툭툭 치며 말했다.

"씹새야, 쫄았냐?"

생각 같아서는 아이덴티티의 주인공인 제이슨 본처럼 노란머리의 손목을 꺾어 땅에 쓰러뜨리고는 발로 복부를 가격하고 싶었다.

탁!

"빨리 걸어!"

내 마음을 읽은 듯 뒤에 있던 놈이 내 뒤통수를 세게 쳤다.

멋지게 그려지던 생각이 머리의 충격으로 사라졌다. 그리고 바로 마음이 졸여왔다.

'아! 정말 이 새끼들이……'

뒤돌아 한 방 날리고 싶은 마음이 굴뚝같았다. 하지만 얼굴에 얹혀 있는 칼날이 그런 행동을 저지시켰다.

＊　　　＊　　　＊

공사가 한창 진행되고 있는 곳이라 그런지 곳곳에 공사 자재가 쌓여 있었다.

자재가 쌓인 뒤쪽이 후미져서 지나가는 사람들의 눈을 가렸다.

뒤쪽에서 따라오던 두 놈까지 공사장에서 주은 쇠파이프와 잘려진 철골을 땅에 질질 끌면서 왔다.

'이러다 정말 큰일 나는 것 아냐.'

그 모습에 심장이 빠르게 뛰었다.

사람들의 눈을 피했다고 생각되었는지 노란머리가 칼을 치우며 내 등을 밀쳤다.

"좆만이, 일단 가진 돈부터 토해내 봐. 이걸로 10원에 한 대씩이니까 숨기면 뒈지는 거야."

쇠파이프를 들어 보이는 놈의 얼굴 전체에는 멍게처럼 여드름이 뒤덮고 있었다.

"알아서 기어야지. 요즘 애들은 싸가지가 없어요. 낄낄낄!"

노란머리는 공돈이 들어온다는 생각 때문인지 즐겁게 농담을 주고받았다.

내게 위협을 가하고 있는 세 명의 아이들을 바라보고 있자 22년 전이나 다시 이곳으로 돌아온 지금이나 변한 게 없다는 생각이 들었다.

22년 전에도 용산은 아니었지만 세 명의 불량배를 만나서 가진 돈을 모두 털린 적이 있다.

돈은 얼마 되지 않았지만 분한 마음에 하루 종일 아무것도 할 수가 없었다.

그 다음 날 복수를 하고 싶어서 권투도장을 찾았다. 하지만 가정 형편상 권투도장을 다닐 수가 없었다.

'그때는 중간고사가 끝나고 당한 일이었지. 지금의 내가 달라진 것처럼 앞날의 일도 변할 수 있는 거구나. 후우! 저 새끼들을 어떻게 하면 갈아 마실 수 있을까?'

옛 생각까지 떠오르자 화가 치밀어 올랐다.

"씹 새끼야! 뭐하고 있어? 빨리 지갑 안 꺼내! 맞고 시작할래?"

철골을 붕 소리가 나도록 휘두르며 얍삽하게 생긴 놈이 내 앞으로 다가오면서 말했다.

놈이 들고 있는 철골로 제대로 맞으면 뼈가 부러질 것 같았다.

어느새 이마로 땀이 흘러내렸다.

놈들에게 위협을 느껴서인지 손이 저절로 뒤주머니에 있는 지갑으로 향했다.

생각과 눈앞에 닥친 현실은 많이 달랐다.

1대 3, 더구나 쇠파이프와 칼을 들고 있는 놈들에게 이길 자신은 없었다. 아니, 이길 수가 없었다.

섣불리 맞섰다가 막가는 놈들이 어떻게 나올지는 살아온 경험을 통해 알고 있다.

지난날 친구 한 놈이 술에 취해서 담배를 피우고 있는 철없는 애들에게 험한 말로 훈계하다가 시비가 붙었다.

힘이 달렸는지 아이 하나가 바닥에 놓인 병을 깨서 바로 휘둘렀다.

술을 먹지 않았다면 충분히 피할 수 있는 동작이었지만 친구는 안타깝게도 병에 눈을 맞아 실명하고 말았다.

'후우! 돈도 문제였지만 그냥 찾아가서 무술이라도 배웠어야 하는 건데. 이 나이에 애들에게 삥이나 뜯기고 있으니.'

머릿속으로 4일 전에 들렀던 체육관이 떠올랐다.

물론 며칠 만에 당장 없던 실력이 생기는 것은 아니지만 그
래도 배우지 않는 것보다는 나았을 것이다.

모든 생각을 접고 뒤주머니에서 지갑을 꺼내려고 할 때였
다. 발자국 소리가 들려왔다.

누군가 이쪽으로 오고 있는 것 같았다.

아니나 다를까, 검게 그을린 얼굴에 안전모를 쓰고 있는 공
사장 인부였다.

"너희, 여기서 뭐하냐?"

쇠파이프와 동강 난 철골을 들고 있는 두 아이를 보며 물었
다.

"별것 아니니까 아저씨 하던 일이나 하세요."

노란머리가 대담하게 침을 뱉으며 말했다.

이놈들은 어른이 등장했는데도 크게 놀라지 않는 표정들
이다.

"말하는 싸가지 봐라. 근데 너는 얼굴이 낯설지 않은데 어
디서 봤더라? 아, 그래, 강태수라고 했지?"

공사장 인부는 나의 이름을 부르며 아는 체를 했다. 하지만
나는 전혀 본 적이 없는 사람이다.

"이 자식! 왜 오지 않았어?"

공사장 인부가 안전모를 벗으며 말했다.

"아, 체육관 관장님!"

인부는 다름 아닌 낡은 체육관에서 만났던 관장이었다.

거칠게 난 수염과 안전모 때문에 바로 알아보지 못했다.

"죄송합니다. 돈이 없었어요."

솔직하게 말했다.

"그건 그렇고, 이 싸가지 없는 자식들은 누구냐? 아는 친구들이냐?"

"아니요. 오늘 처음 봤는데 돈을 그냥 달라네요. 주지 않으면 저 파이프로 10원에 한 대씩 때린답니다."

이때다 싶었다.

체육관에서 보았던 사내의 실력은 대단했다.

하찮은 동네 양아치들은 한주먹 감도 안 될 것이 분명했다.

"이런 무식한 놈들을 봤나. 이걸로 때리면 사람이 어떻게 되는지 몰라?"

관장이 쇠파이프를 손으로 가리키며 말했다.

"아, 씨발! 그래서 어쩌라고!"

겁을 상실했는지 노란머리가 짜증 섞인 말투로 소리쳤다. 정말이지 눈에 뵈는 것이 없는 놈 같았다.

"웬만하면 말로 하려고 했는데 안 되겠군."

관장은 밀고 온 수레를 옆으로 세워놓고는 놈들에게 성큼성큼 다가갔다.

"나이 처먹으면 다야!"

노란머리가 곧장 소리치며 관장의 얼굴을 향해 주먹을 휘둘렀다.

철썩!

주먹을 날린 노란머리에게 돌아온 것은 산뜻한 따귀였다. 관장은 서 있는 자리에서 미동도 하지 않았다.

분명히 날아온 주먹에 맞아야 하는데, 오히려 주먹을 휘두른 노란머리가 따귀를 맞고는 바로 주저앉았다.

넋이 나간 사람처럼 꽤나 충격을 받은 표정이다.

"이 개새끼가!"

"이 꼰대가!"

여드름과 얍삽하게 생긴 놈이 겁도 없이 들고 있는 쇠파이프와 철골을 매섭게 휘두르며 관장에게 달려들었다.

정말 겁대가리를 상실한 놈들이었다.

관장은 날아드는 쇠파이프는 아랑곳하지 않고 오히려 빠르게 여드름의 앞쪽으로 빠짝 다가섰다.

여드름은 파이프를 휘두르던 동작에서 순간 움찔했다.

관장의 행동에 파이프를 휘두를 수 있는 공간이 순식간에 사라졌다.

철썩!

눈 깜짝할 사이에 여드름의 얼굴에도 따귀가 작렬했다.

여드름의 몸이 크게 휘청거리며 바로 앞으로 꼬꾸라졌다.

‘어떻게 한 거지? 몇 발자국 움직인 것 같은데……’

그 사이에 얍삽한 놈이 관장의 옆구리를 향해 철골을 크게 휘둘렀다.

철썩!

아니나 다를까, 또다시 경쾌한 소리가 들려왔다.

얍삽한 놈의 몸뚱이가 팽이 돌듯이 서 있는 자리에서 돌다가 땅을 나뒹굴었다.

얍삽한 놈이 휘둘렀던 철골은 어느새 관장의 손에 들려 있었다.

한마디로 다 큰 성인과 유치원생 간의 싸움이었다.

나에게는 무섭게만 보이던 쇠파이프와 철골이 관장에게는 아무런 위협이 되지 않는 장난감 칼보다도 못했다.

만약에 쓰러진 놈들이 관장의 주먹에 맞았다면 살아남지 못했을 것 같다는 생각이 들었다.

“내가 힘을 너무 줬나.”

손에 든 철골을 한쪽으로 던지며 관장이 쓰러진 놈들을 보며 말했다.

노란머리는 울면서 일어나려 애썼지만 자꾸만 땅으로 꼬꾸라졌다.

놈은 심하게 다리가 풀려 있었다.

다른 두 놈은 아예 그런 움직임조차 보이지 못했다.

체격이 제일 작은 얍삽한 놈은 입에 거품까지 물고 정신을 잃었다.

"아닙니다. 저런 놈들은 이렇게 호되게 당해야 정신을 차립니다. 아마도 많은 애들이 저처럼 당했을걸요. 저놈은 칼까지 들고 위협했습니다."

쓰러져 있는 놈들을 보며 연민보다는 통쾌한 생각이 들었다.

관장이 보여준 멋진 동작들은 내가 머릿속으로만 그렸던 행동이다.

"그래, 이놈들 정말."

관장은 노란머리의 주머니를 뒤져 커다란 카터 칼을 꺼내 들었다.

"나 원 참, 요즘 애들이 이 정도였나? 이놈들, 안 되겠네."

관장은 혀를 차며 말했다.

10분이 지나서야 간신히 정신을 차린 놈들이 관장 앞에 무릎을 꿇고 앉았다.

"다른 뺨도 한 대씩 더 맞을래?"

퉁퉁 부은 뺨을 부여잡고 있는 놈들이 관장의 말에 정색을 하며 손사래를 쳤다.

"잘못했습니다."

"다시는 안 그러겠습니다."

눈물을 흘리며 애원하는 모습이 방금 전까지 흉포하게 행동하던 놈들인가 생각되어졌다.

이놈들은 철저하게 약자에게 강하고 강자에게 약한 불쌍한 놈들이었다.

"네놈들, 전화번호하고 집 주소가 적인 종이가 내 손에 있다는 것을 명심해라. 또 한 번 이런 모습을 보게 되면 내가 너희를 끝까지 찾아내서 이렇게 만들어준다."

관장은 얍삽한 놈이 휘둘렀던 철골을 한 손으로 휘어버렸다.

검지 굵기만 한 철골이었지만 힘없는 철사처럼 싶게 휘어서 접혀 버렸다.

눈으로 보고도 믿기 힘든 광경이었다.

TV에서 가끔 소개되었던 차력의 차원을 훨씬 넘는 동작이었다.

나라도 저런 모습을 보면 겁을 먹지 않을 수 없을 것이다.

어느새 순한 양이 되어버린 아이들은 연신 고개를 숙이며 잘못했다는 말이 입에서 떠나지를 않았다.

이놈들이 나중엔 어떻게 될지 모르지만 한동안은 자숙하고 있을 것이 분명했다.

"좋아, 이번 한 번만 봐준다. 어서 가봐."

아이들은 나와 관장에게 고맙다고 말하며 재빨리 자리를

떠났다.

놈들은 꼴통이긴 해도 이번에 겪은 일을 통해 깨달음이 클 것이다.

함부로 객기를 부리고 덤볐다가는 바로 골로 갈 수 있다는 것을.

"감사합니다. 그런데 체육관은 안 하시나요?"

나는 공손하게 인사하며 머릿속에 맴돌던 생각을 물었다.

"그렇게 됐다. 돈이 없다고 하니까 특별히 싸게 해줄 테니 전에 알려줬던 주소로 찾아와. 언제 또 험한 일을 겪을지 모르잖아. 자기 한 몸은 지킬 수 있어야지."

관장은 가져왔던 수레를 밀고 가면서 말했다.

'관장의 말이 틀린 말은 아니지. 더욱이 저런 고수에게 배운다면……'

"예, 찾아뵙겠습니다."

나는 고마운 마음에 다시 한 번 고개를 숙이며 대답했다.

Chapter 4

화창한 토요일이었다.

"후우! 서울에도 이런 한적한 곳이 있구나."

사람들에게 물어물어 간신히 찾아온 곳은 용산에서 다시 만난 관장이 알려준 주소였다.

버스를 두 번이나 갈아타고 나서야 도착할 수 있었다.

동네에서도 끝자락에 위치한 집은 북한산 밑자락에 위치하고 있었다. 대문이 활짝 열려 있었다.

집은 생각보다 컸다.

넓은 마당에는 작은 연못과 커다란 소나무도 있었다. 잔디

가 깔린 한쪽에는 체육관에서 보았던 운동 기구와 샌드백이
걸려 있었다.

"계십니까! 아무도 없어요!"

큰 소리로 몇 번을 불렀지만 대답이 없었다.

전날 적어준 전화번호로 여러 번 전화를 걸었지만 받지 않
았다.

학교 앞 공중전화에서 마지막으로 전화를 걸고 왔지만 역
시나 아무도 받지 않았다.

"아무도 없는데 들어가도 되려나."

이미 몸은 운동기구가 있는 마당 쪽으로 향하고 있었다.

툭! 툭!

나무에 걸려 있는 샌드백을 주먹으로 쳐보았다.

샌드백은 생각보다 단단했다.

"전에 이렇게 해서 샌드백을 친 것 같은데."

체육관에서 관장이 샌드백을 가르던 장면이 생각났다.

"아서라. 다친다."

그때 낯선 목소리가 들려왔다.

뒤를 돌아보자 짧은 커트머리에 내 또래의 여자아이가 가
방을 들고 서 있었다.

"안녕하세요. 관장님을 뵈러 왔습니다."

아무도 없는 집에 불쑥 들어온 생각에 바로 용무를 말했다.

“아빠는 일하러 나가고 없어.”

단문형의 말투로 되돌아왔다.

“그렇구나. 이곳 주소를 알려주시면서 오라고 하셨는데…….”

나는 말을 다 잇지 못했다.

보란 듯이 머리를 쓸어 올리는 여자애의 모습에 절로 눈이 돌아갔다.

‘오! 상당히 예쁜데!’

예쁘다는 말이 절로 나왔다.

아니, 그런 말로는 뭔가 부족하다는 느낌이 드는 이지적인 미인이었다.

더욱이 머리카락에 가려져 있던 눈이 너무나 매력적이었다.

“나는 모르겠고, 예인이한테 말해봐.”

여자애는 문을 열고는 집 안으로 들어가 버렸다.

“뭐야? 예쁘면 다야? 힘들게 찾아온 사람에게. 예인이가 누군데?”

여자애의 행동에 혼잣말로 투덜거렸다.

상큼하고 고운 목소리가 옆쪽에서 들려왔다.

“전데요. 어떻게 오셨죠?”

나는 자동적으로 고개가 돌아갔다.

그리고 목소리의 주인공을 보았다.

'아!'

순간 이번에도 말이 나오지 않았다.

긴 생머리에 너무나 잘 어울리는 흰색 블라우스를 입고 있는 소녀가 나를 쳐다보고 있었다.

우습게도 머릿속으로 청순하다, 아름답다, 안아주고 싶다는 단어들이 나열되었다.

국민여동생이라고 불리던 김연아보다도, 삼촌팬을 많이 거느렸던 아이유보다 더 청초하고 예뻤다.

방금 전 통명스럽게 답을 했던 여자애와는 전혀 다른 느낌이다.

꿀꺽!

"아, 네. 관장님이 주소를 알려주시면서 이곳으로 오라고 하셔서……."

침을 목구멍으로 힘들게 넘기고 나서야 말을 할 수 있었다.

"아빠가 한 번 말씀하신 것 같네요. 어쩌죠. 지금 출타 중이신데. 일단 안으로 들어오세요."

"관장님도 안 계신데, 괜찮습니다."

"집에 찾아온 손님인데요. 부담 갖지 말고 들어오세요."

'얼굴도 예쁘지만 마음씨도 천사네.'

"그럼 실례하겠습니다."

안으로 들어서자 바로 거실에 가득 차 있는 책들이 눈에 들
어왔다.

운동을 하는 사람의 집에는 어울리지 않을 정도로 책이 많
았다.

"책이 정말 많네요."

"네, 저희 엄마가 남겨주신 거죠. 작가셨어요. 올 초에 암
으로 돌아가셨어요."

"제가 괜한 말을 했네요."

예인이의 말에 나는 할 말이 없어졌다.

"아니에요. 행복하게 살다가 하늘나라로 가셨기 때문에 괜
찮아요."

예인은 밝게 웃으면서 말했다.

그 모습이 정말 천사처럼 눈이 부셨다.

"잠깐 계세요. 마실 것을 갖고 올게요."

예인은 부엌이 있는 곳으로 향했다.

"야아, 내가 어린애들을 보고서 이렇게 심장이 벌렁거릴
줄이야."

화끈거리는 얼굴을 손으로 감싸 안고 있을 때였다.

닫혀 있던 오른쪽 방문이 쾅 소리와 함께 열렸다.

그곳에서 짧은 반바지에 끈 민소매를 입은 단발머리 소녀
가 걸어 나왔다.

흰 피부에 길쭉길쭉한 팔다리가 눈에 들어왔다. 더욱이 가슴골이 살짝 드러난 모습에 얼굴이 더욱 화끈거렸다.

가슴도 일반 여자애들보다 컸다.

"뭘 그리 빤히 쳐다봐? 여자 처음 봐? 예인아, 나도 주스 한 잔 줘!"

그 말에 뻘쭘해진 나는 고개를 옆으로 돌리며 연신 손부채질을 했다.

"이름이 뭐냐? 나는 송가인."

자신의 이름을 말하며 소파에 앉았다.

"강태수."

"나이는?"

"열여덟 살. 너는?"

툭툭 던지는 말투로 보아 같은 나이로 보았다.

"열일곱 살."

"나보다 어리네."

나는 목소리에 힘을 주며 말했다.

"그런데? 오빠라고 불러줘?"

발을 까딱거리며 말하는 모습이 불량스러웠다.

"흠흠! 나이가 어리면 당연히……."

나는 얼굴이 살짝 붉어지며 말꼬리를 흐렸다.

"깔깔깔! 순진하네. 깔깔!"

뭐가 그리 웃기는지 가인은 배를 잡고 웃었다.

"내가 말을 잘못했나?"

"됐고. 그냥 말 놓을게. 그런 줄 알아."

일방적인 통보였다.

"……."

그 말에 나는 뭐라 대꾸할 말이 떠오르지 않았다.

예인이 마침 쟁반에 과일과 음료수를 내오지 않았다면 기가 꺾인 나는 고양이 앞에서 꼼짝 못하는 쥐처럼 되어 있었을 것이다.

"좀 드세요."

예인은 오렌지주스와 과일을 내 앞으로 내밀었다.

어여쁜 얼굴처럼 과일도 예쁘게 깎아왔다.

"고맙습니다."

가인의 말 때문에 목이 탔던 나는 단숨에 주스를 목구멍으로 넘겼다.

"아버지 일찍 오실지도 모르니까 기다려 보세요."

맑고 청량한 예인의 목소리는 순간 가인에게 받은 스트레스를 날려주었다.

"예, 그러도록 하겠습니다."

"쟤 이름이 태수란다. 강태수. 나이는 너보다 한 살 많대. 나랑은 말 놓기로 했으니까 너는 네가 알아서 해."

“아니, 언제 말을…….”

가인은 내 말을 다 듣지도 않고 자신의 방으로 들어가 버렸다.

“후후, 좀 일방적이죠? 언니 성격이 저래도 속은 깊어요. 저는 송예인이라고 해요. 언니하고 저하고는 이란성 쌍둥이죠. 30분 차인데도 저와는 많이 달라요.”

하얀 이를 살짝 드러내며 말하는 예인의 모습이 너무나 귀엽고 예뻤다.

“그러네요.”

예인의 모습에 빠져 있는 나는 건성으로 답을 했다. 하지만 예인의 말처럼 자매가 달라도 너무나 달랐다.

‘후우! 나이가 40인데 주책없게 무슨 생각을 하고 있냐, 태수야.’

“제 얼굴에 뭐 묻었나요?”

“네?”

순간 당황했다.

“뻔히 쳐다보서서요.”

“아, 그게… 앞으로 계속 찾아올 텐데 존댓말하기가 그러니까… 그래서…….”

횡설수설이다.

“아빠한테 배우러 오셨구나. 그럼 저보다 한 살 많으니까 저는 오빠라고 부를게요. 괜찮죠, 태수 오빠?"

예인이 미소를 지으며 오빠라고 말하는 순간 나도 모르게 심장이 쿵쾅거리며 뛰기 시작했다.

살아오면서 연애를 안 해본 것도 아닌데 이런 기분은 처음이다.

얼굴이 화끈거리고 피가 쏠리는 느낌마저 들었다.

나의 이런 모습을 들킬까 봐 예인을 더 이상 쳐다볼 수가 없었다.

나는 재빨리 탁자에 놓인 볼펜을 집어 들었다.

"여기 집 전화번호. 급한 일이 생각나서… 다음에 다시 올게."

고개를 숙이고 급하게 자리에서 일어났다.

"그래요. 아빠에게 전해드릴게요. 다음에 또 봐요, 태수 오빠."

"어, 그래, 다음에."

예인의 얼굴을 바로 쳐다보지 못하고 신발을 신자마자 대문 밖으로 달렸다.

숨이 턱에 차도록 달려 내려온 후에야 멈춰 섰다.

"헉헉! 이런 감정이 들다니. 몸이 젊어져서 그런가? 하하하!"

거친 숨과 함께 기분 나쁘지 않은 웃음이 절로 나왔다.

먹구름에 둘러싸인 것처럼 우울함이 가득했던 지난날들이
아니었다.

새로웠다. 모든 것이 다 새롭게 시작되는 날들이었다.

저녁때쯤 관장에게서 전화가 걸려왔다.

내일 오전 9시까지 집으로 오라고 한다.

＊　　＊　　＊

"인사는 다들 어제 나눴지? 자, 이리 앉아. 내 딸들이지만
음식 솜씨 하나만은 최고야."

송 관장이 엄지손가락을 치켜들며 말했다.

송 관장의 말처럼 식탁에는 맛깔스러운 반찬들이 놓여 있
다.

"맛있어 보이네요."

말이 끝나자마자 내 앞으로 작은 동산이 연상되는 밥그릇
이 놓였다.

수북하게 쌓인 밥의 양은 보기만 해도 부담스러웠다.

"남기지 말고 다 먹어라."

가인의 퉁명스런 말투는 어제와 같았다.

'이걸 어떻게……'

밥은 평소 먹던 양의 두 배 이상이었다. 더구나 집에서 나

설 때 아침밥을 먹고 나왔다.

관장은 아침을 같이 먹자는 말을 하지 않았다.

호의를 거절할 상황은 아니었다. 하지만 이건 정말 심했다.

"한참 먹을 나이인데 그 정도는 먹어야지."

말을 건네는 관장의 밥그릇에도 같은 양의 밥이 담겨 있다.

관장의 말처럼 찌개와 반찬은 정말 맛있었다. 하지만 먹어도 먹어도 밥은 줄어들지 않았다.

식탁에서 오고 가는 정겨운 대화는 귀에 하나도 들어오지 않았다.

위장에서는 더 이상 음식을 넘기지 말라고 아우성치고 있었다.

마지막 남은 밥을 입에 넘는 순간에 눈물이 찔끔 나왔다.

"잘 먹네. 가인아, 태수 밥 좀 더 줘라."

관장의 입에서 끔찍한 소리가 터져 나왔다.

"아닙니다. 정말 맛있게 많이 먹었습니다."

나는 강하게 손사래를 치면서 관장을 말렸다.

적극적인 거절 의사에 관장은 더 이상 권하지 않았다.

"그럼 차나 한잔 마시자."

관장은 마당에 놓여 있는 작은 정자로 나를 안내했다.

정자는 연못과 잘 어울렸다.

작은 물레방아가 돌고 있는 연못에서 헤엄치는 금붕어들이 나를 바라보고 있는 것만 같았다.

잠시 후에 예인이 고운 자기에 담긴 국화차를 내왔다.

찻잔에 국화차가 담기자 정자 안은 향기로운 국화 내음으로 가득 찼다.

"예인이가 손수 만든 국화차지. 다른 곳에서는 절대로 맛볼 수 없는 거야. 음! 역시 좋구나."

송 관장은 찻잔을 들어 차의 향기를 음미했다.

관장의 말처럼 풍겨오는 차 내음이 정말 향긋했다.

'어린 나이에 못하는 게 없네.'

찻잔을 들며 살짝 예인의 얼굴을 보았다.

어제와 변함없이 청초하고 어여쁜 수선화와 같았다.

"예쁘지?"

풋!

순간 관장의 말에 가득 물고 있던 차를 넘기지 못하고 뿜어냈다.

앞에 있던 관장이 물벼락을 맞은 것처럼 고스란히 차를 뒤집어썼다.

"죄송합니다."

나는 몸 둘 바를 몰라 했다.

그리고 너무나 창피하고 쪽팔렸다.

“아니야. 괜찮아. 잠깐 기다리게. 옷 갈아입고 올 테니.”

관장은 집 안으로 들어갔다.

예인 또한 차를 다시 내오겠다면서 일어섰다.

“아씨! 하필 그때 그리 말할 게 뭐람.”

나는 속마음을 들킨 것에 대한 변명이라도 하듯이 관장을 탓했다.

“무슨 말을 했는데?”

“깜짝이야!”

바로 뒤에서 들려온 목소리에 나는 화들짝 놀라며 소리쳤다.

뒤에는 어느새 다가왔는지 가인이 사과를 우악스럽게 씹어 먹고 있었다.

“놀라긴, 사내놈이.”

가인은 별것 아니라는 듯이 말했다.

“아니, 기척도 없이 도둑고양이처럼 몰래 다가와서 불쑥 말을 붙이면 놀라지 않을 사람이 어디 있어?”

“여기.”

“…….”

할 말을 잃었다.

아니, 상대하면 상대할수록 내가 손해라는 생각이 들었다.

나는 고개를 절레절레 흔들며 가인의 시선을 외면했다.

“말하기 싫으면 하지 마. 남자 놈이 쫀쫀하게. 궁금하지도
않아.”

‘그래, 너 혼자 북 치고 장구 치고 다 해라. 이 기집애는 내
가 좋아하는 스타일인데 성격이 영 아니올시다네. 예의도 없
고.’

“야, 너 지금 내 욕하고 있지?”

‘귀신이네.’

가인의 말에 나는 눈을 동그랗게 떴다.

“얼굴 표정 바뀌는 것 봐라. 정말로 욕했나 보네.”

“음! 음! 도대체 무슨 말을 하는지 모르겠네. 그리고 자꾸
말을 아래로 내리시는데, 듣는 사람 살짝 거시기 합니다.”

재빨리 주제를 바꿨다.

“허허! 사내새끼가 쪼잔하게 한 입 갖고 두 말 하네. 어제
네가 말 놓아도 좋다며.”

허탈하게 웃으며 가인의 말에 어이없다는 듯 얼굴까지 붉
히며 말했다.

“참나, 절대로 내 입으로 그렇게 말한 적 없습니다.”

“말은 하지 않았어도 내 말에 반대하지는 않았잖아. 그건
긍정의 신호 아니었어? 그리고 네가 인정하지 않아도 너에게
존대할 생각 없다. 알았냐?”

가인은 사과를 다시 베어 물며 강한 어조로 말했다.

"됐다, 됐어. 내가 지금 나이 어린애하고 무슨 이야기를 하고 있는지."

순간 한참 어린애하고 뭐하나 싶은 생각이 들었다.

"오! 그러셔요? 제 눈에도 엄청 나이가 들어 보이네요. 제가 정신이 깜빡했나 봅니다. 이렇게 늙으신 분에게 말을 놓다니요. 제가 잘못한 것 같습니다. 나를 용서해 주겠니, 태수야?"

가련한 표정과 함께 고개까지 흔들며 말하는 가인은 끝까지 나를 놀려먹었다.

"야, 내가 모습은 이래도 올해 불혹이야, 불혹!"

참다못한 나는 정신적인 나이를 말해 버렸다.

"깔깔깔! 미안하다. 정말 미안해. 우와! 나랑 22년이나 차이가 나는데 맞먹었네. 아빠가 서른여덟 살이니까 네가 두 살이나 더 먹은 거네? 깔깔깔!"

배를 움켜쥐고 가인은 눈물까지 훔치며 웃고 있었다.

'아! 말도 안 되는 이야기를 꺼냈네.'

생각해 보니 엉뚱하기 이를 데 없는 말을 뱉은 것이다.

누가 지금의 나를 보고 불혹이라 할까.

"알았다. 네가 부르고 싶은 대로 불러라."

웃고 있는 가인을 보며 자포자기의 심정으로 말했다.

"뭐가 그리 재미있어?"

　가인의 큰 웃음소리를 들었는지 정자로 걸어오며 관장이
물었다.

　"별것 아닙니다."

　나의 말에 가인 또한 별다른 이야기를 하지 않았다.

　"그래, 가인이가 나와 있으니 잘됐네. 일단 태수는 가인이
에게 기초부터 배워라."

　"네? 그게 무슨 말씀이신지?"

　"기초는 예인이보다는 가인이가 나을 거야. 어느 정도 체
력이 받쳐주고 기초가 되면 내가 본격적으로 가르쳐 줄 테니
까. 태수가 나랑 인연이 있다고 생각하니까 이런 특혜를 베푸
는 거야."

　가인의 일방적인 성격이 누구를 닮았는지 알 것 같았다.

　송 관장은 나의 의견은 듣지도 않고 일방적으로 결정했다.

　"토요일은 오늘처럼 오면 되고, 화요일하고 목요일은 수업
끝나고 바로 오면 될 것 같다. 가인이도 괜찮지?"

　가인은 의미심장한 눈빛을 보이며 말했다.

　"뭐, 그렇게까지 말씀하셨는데 제가 희생하죠."

　관장은 태수와의 만남을 두 딸에게 말해주었다.

　두 번의 인연의 느낌이 작지 않다고 여긴 관장은 나를 제자
로 받아들이고 싶어 했다.

　나중에 들은 이야기지만 평생을 함께하려고 했던 체육관

을 어쩔 수 없이 넘기게 된 이유가 있었다.

"저는 관장님에게 배우려고 왔습니다."

"왜? 가인이의 실력을 믿지 못해서 그래? 가인이는 어려서부터 나한테 모든 것을 직접 배워왔어."

"그게 아니라……."

나는 말꼬리를 흐렸다.

사실 관장의 말이 맞았다. 아무리 관장에게 직접 가르침을 받았다고는 하나 여자는 한계가 있었다.

"가인아, 태수에게 시범을 보여줘라. 아니, 태수가 직접 확인해 보는 게 좋겠네."

"무슨 말씀이신지?"

송 관장에게 물었다.

"나가서 가인이하고 대련해 봐. 그래야 믿을 것 같으니까."

"제가요?"

"여기 너 말고 누가 또 있어?"

"아무리 그래도 여자하고 제가 어떻게……. 이리 보셔도 운동신경은 꽤나 있는 편입니다. 잘못해서 다치기라도 하면……."

"내가 걱정하는 건 너야."

관장의 말에 어쩔 수 없이 일어나 잔디밭에 섰다.

"있는 힘을 다해 가인이한테 덤벼야 돼. 아니면 큰코다칠 테니까."

관장의 말에 나는 수긍하듯 고개를 끄떡였다. 하지만 겉으로만 그럴 뿐이었다.

마주 선 가인의 표정에는 아직도 웃음기가 가시지 않았다. 막상 마주하니 가인의 키가 생각보다 컸다.

"뭐해! 장난으로 보여?"

관장의 목소리가 커졌다.

그 소리에 주먹을 살짝 쥐어 가인에게 가볍게 휘둘렀다.

여자를 때린다는 것이 마음에 걸렸다.

하나 주먹이 빈 허공만을 가르는 순간, 나는 공중에서 거꾸로 한 바퀴를 돌다가 잔디 위로 떨어졌다.

쿵!

"큭!"

저절로 신음이 나왔다.

잔디 위였지만 등으로 전달된 충격에 숨 쉬기가 힘들었다.

"다시 한 번 한다. 장난으로 하지 말고 이번에는 제대로 해 봐."

관장은 아직 땅에 누워 얼굴을 찡그리는 나를 보고 있었지만 개의치 않고 말했다.

'아이고, 등이야. 어떻게 한 거야? 분명 주먹에 맞을 타이

밍이었는데.’

“끙!”

계속 누워 있는 것도 남자의 자존심에 관한 문제라 힘들게
일어섰다.

이번엔 정말 주먹에 힘을 주어 정면으로 뻗었다.

주먹은 빨랐고, 이 주먹을 금속과 놈들은 피하지 못했다.

행여 가인이 다칠까 걱정이 들 정도였다.

“컥!”

하지만 걱정은 곧 기우란 걸 바로 알았다.

분명 가인의 얼굴에 주먹이 닿았다고 생각한 순간, 오히려
목에 강한 충격과 함께 눈앞이 캄캄해졌다.

몰려오는 고통에 숨을 쉴 수 없었다. 두 손으로 목을 잡은
채 바닥에 뒹굴 수밖에 없었다.

“음! 생각보다 몸의 움직임은 날렵했지만 체력은 길러야겠
어. 주먹에 힘이 느껴지지 않아.”

관장은 얼굴이 벌겋게 되어 숨도 제대로 쉬지 못하는 나를
보고도 무관심한 말투다.

‘아악! 목이……’

이대로 숨을 쉬지 못해 죽는 것이 아닌가 하는 생각이 들
때쯤이었다. 목 뒤로 가벼운 충격이 가해졌다.

그때부터 숨이 터져 나왔다.

“푸우!”

“가인이한테 열심히 배워둬. 그러면 기초는 잡힐 거다.”

송 관장은 고통으로 얼굴이 일그러져 있는 나를 일으켜 세워주었다.

“예.”

목에 받은 충격으로 인해 목소리가 간신히 나왔다.

“많이 봐준 거니까 앞으로 이 사부님께 잘해라.”

하얀 이를 드러내며 말하는 가인의 얼굴은 지금의 상황이 무척이나 재미있다는 표정이다.

‘부녀지간에 작정하고 죽이려 했구나.’

나는 목을 부여잡은 채 한동안 움직일 수 없었다.

지금껏 맞아본 주먹질에는 비교가 되지 않는 고통이었다.

Chapter 5

거울에 비친 목을 살펴보았다.

시간이 한참을 지났지만 목 부위는 여전히 빨갰다.

"음! 음! 아! 아! 아까보다 좀 낫네."

목소리가 제대로 나오지 않을까 집에 돌아와서도 걱정했
다.

"어떻게 한 걸까?"

분명히 내 주먹이 빨랐고, 가인의 얼굴을 향했다.

나라면 그 상황에서는 뒤로 물러나거나 고개를 숙여야만
했다.

　하지만 가인은 오히려 나에게 한 걸음 더 다가와 내 목을 가격했다.

　자존심을 떠나서 여린 여자의 몸에서 어떻게 그런 빠름과 강함이 나오는지 몹시 궁금했다. 한편으로는 가인의 성격을 생각하니 걱정이 앞섰다.

　"어린 게 성격이 보통이 아니던데 어떻게 해야 하나? 송 관장처럼 일찍 결혼했다면 딸 같은 애한테……. 후!"

　생각만 해도 머리가 아파왔다.

　분명 사소한 것 하나도 쉽게 넘어가지 않을 것 같았다.

　"관두자. 이왕 이렇게 된 거 죽이기야 하겠어. 어린애와 똑같이 행동하고 말하면 나도 다를 게 없지. 다음 주에 있을 시험이나 신경 쓰자."

　여러 생각을 털어내고 교과서를 집어 들었다.

　일단 수학부터 먼저 살펴보았다.

　중학교 시절부터 수학은 젬병이었다. 한번 흥미를 잃고 나니 관심에 멀어졌다.

　관심이 없으니 당연히 점수가 나오지 않았다. 점수가 형편없자 수업 시간에는 딴짓하기 일쑤였다.

　지금도 썩 내키지는 않았지만 좋아진 머리를 믿어보기로 했다.

　"음! 이렇게 하면 쉽구나."

한 장 한 장 넘기면서 제시된 공식과 문제를 풀어나갈 때마다 재미가 있었다. 이전에는 느껴보지 못한 기분이다.

처음 책장을 넘길 때에는 시간이 걸렸다. 하지만 어느 순간부터는 채 1분이 걸리지 않았다.

"재밌네. 여기다 이걸 대입하면……. 그렇지!"

공부가 재미있어졌다.

이미 시험 범위를 넘어서 아직 배우지도 않은 파트를 풀었다.

수학을 시작으로 물리, 영어, 국어와 전공과목의 책장을 빠르게 넘기고 있었다.

"태수는 뭐하는데 하루 종일 꼼짝 않고 있냐? 네가 한번 가봐라."

엄마는 평소 같지 않은 내 모습에 이상스럽게 생각하신 모양이다.

"만화책이나 보고 있겠지."

여동생은 안 봐도 훤하다는 듯이 시큰둥하게 반응했다.

"이놈의 계집애가 말하면 좀 들어!"

엄마의 목소리가 커졌다.

여동생 정미는 마지못해 내 방문을 살짝 열었다.

정미의 예상과 달리 나는 책상에 앉아 책에서 눈을 떼지 않고 있었다.

“엄마! 엄마! 오빠가 공부해!”

정미는 호들갑을 떨었다.

여동생이 머릿속에서 그렸던 장면은 엎드려서 만화책이나 소설책을 보고 있는 나였다.

“조용히 해. 오빠 공부하는 데 방해하지 말고.”

엄마는 정미의 말에 기분 좋은 표정을 지으며 말했다.

엄마는 거실에 있는 시계를 보았다. 저녁 7시가 넘어서고 있었다.

내가 책상에 앉아 책에서 눈을 떼지 못하고 있는 시간이 벌써 다섯 시간이 다 되어간다. 하지만 나는 시간이 이렇게 흘렀는지도 모르고 있었다.

똑! 똑!

덜컥!

“이것 좀 먹고 해라. 너무 무리하지 말고.”

나는 방문을 두드리는 소리와 문이 열리는 소리를 듣지 못했다.

엄마가 쟁반을 내려놓았을 때에야 엄마가 방에 들어왔다는 것을 인지할 수 있었다.

“무리는요. 한두 시간 지났나?”

기지개를 켜며 책꽂이에 올려놓은 탁상시계를 보았다.

“어! 8시가 다 됐잖아!”

시간이 순식간에 지나가 버렸다.

"그래, 공부를 하려면 시간 가는 줄 모르고 해야 한다. 이젠 좀 쉬어라."

엄마는 흡족한 표정으로 방을 나가셨다.

"무섭게 집중했구나."

한쪽에 잘 정돈되어 있는 교과서와 참고서가 10권이나 되었다. 물론 오늘 한 번씩 본 책들이다.

"머리만 좋아진 게 아니라 몸에 배었던 습관도 바뀐 것 같네. 옛날에는 공부하려고 책상에 앉으면 한 시간도 앉아 있지 못했는데."

나는 엄마가 가져온 과일을 입으로 가져가면서 다시금 책을 집어 들고 있었다.

＊   ＊   ＊

첫 교시 시험은 국사였다.

문제지를 펼쳐 들고는 10분도 지나지 않아 문제를 다 풀었다.

그 시간 안에 한 번 더 실수한 항목이 없는지 검토까지 했다.

남은 시간이 40분이나 된다고 생각하니 지루하게 느껴졌다.

　뒤쪽에 있는 신구의 끙끙대는 소리가 서라운드처럼 들려왔다. 그나마 강호는 문제를 풀고 있었다.

　20분이 지나자 나는 더 이상 참지 못했다.

　"선생님, 다 풀었는데 밖에 좀 나가면 안 되겠습니까?"

　"그럼 검토 한 번 더 해."

　시험 감독으로 들어온 선생은 국어선생이었다.

　"두 번이나 했습니다. 다른 과목을 공부할 수 있게 좀 해주십시오."

　이전에 교무실에서 내 얼굴과 이름을 알게 된 선생이다.

　"그래? 그럼 이리 가지고 나와."

　"오우!"

　나의 행동에 아이들이 소리를 질렀다.

　"조용히 풀어."

　선생은 반 아이들에게 주의를 주며 내 시험지를 꼼꼼히 살폈다.

　"음, 알았다. 나가봐."

　시험지의 뒤편까지 보고 나서 국어선생의 말이 떨어졌다.

　"감사합니다."

　"국어 시험도 잘 봐야 한다?"

　"네, 알겠습니다."

　아이들은 밖으로 나가는 나를 부러운 시선으로 바라보고

있었다.

그때였다.

박동희가 손을 들며 말했다.

"선생님, 저도 다 풀었습니다. 저도 다른 과목 공부 좀 할 수 있게 해주십시오."

"시험지 가지고 나와 봐."

국어선생은 천천히 박동희의 시험지를 살폈다.

"이리 와봐."

국어선생은 동희에게 더 가까이 다가오라고 손짓했다.

동희는 국어선생 앞쪽으로 두 걸음 더 다가갔다.

"아아!"

순간 동희의 입에서 고통스런 소리가 들렸다.

국어선생은 동희의 양쪽 귓불을 잡고는 위로 세게 치켜 올렸다.

"이걸 답이라고 적은 거야? 정답을 찾아볼 수가 없잖아. 너 나가서 담배 피려는 거지?"

국사선생 옆자리에 앉아 있는 국어선생은 국사 시험지의 답을 알고 있었다.

"잔말 말고 들어가서 다시 풀어."

"크크큭!"

아이들은 동희의 모습에 웃음을 참지 못했다.

*   *   *

교정의 벤치에 앉아서 맑은 하늘을 쳐다보았다.

구름 한 점 없는 푸른 하늘은 너무나 시리고 보기 좋았다.

저 하늘처럼 늘 푸른 날을 맞이하고 싶었다.

"아씨, 진짜! 첫 번 시험부터 죽 썼네."

강호가 투덜대며 걸어오고 있었다.

"나오면서 보니까 잘 풀던데."

"말 마라. 반은 풀고 반은 찍었다. 역시 당일치기로는 힘들어."

강호가 푸념하는 사이 아이들이 하나둘씩 밖으로 나오기 시작했다. 모두들 시험 문제에 관해서 이야기를 나누고 있었다.

"평소에 좀 해야지."

"정말 놀랄 일이다. 태수 네 입에서 그런 말이 다 나오고."

강호의 말처럼 22년 전의 나는 강호와 별반 다르지 않았다.

"그랬나? 하여간 남은 시간도 잘해야지. 힘내라."

"모르겠다. 아, 다음은 수학인데……."

강호의 푸념을 모르는 바 아니다.

수학은 당일치기로는 점수가 나오지 않았다.

그저 당일의 운과 컨디션으로 잘 찍어야만 하는 과목이다.

수학 시간에 웃기게도 2학년을 가르치는 수학선생이 들어왔다.

"커닝하지 말고 평소 실력대로 풀어라. 자, 시험지 돌려."

시험지가 나에게 건네져 왔다.

첫 문제에 바로 눈이 갔다.

"쉽네."

나도 모르게 나온 말이다.

생각보다 어렵지 않았다.

첫 번째 문제뿐만 아니라 마지막 20번 문제까지 크게 어려운 문제가 없었다.

15분 정도 지나자 모든 문제의 정답이 시험지에 적혀 있다.

"선생님, 다 풀었는데 밖에 나가서 다른 과목 준비 좀 하겠습니다."

나는 또다시 손을 들어 말했다.

"뭐야! 벌써 풀었어? 가지고 나와 봐."

수학선생은 놀란 눈치였다.

시험지를 집어 들고 나가면서 슬쩍 답을 적은 쪽지를 강호에게 떨어뜨렸다.

수학선생이 내 시험지를 보는 순간, 강호는 재빨리 쪽지를 주었다. 그리고는 열심히 답안지에 옮겨 적었다.

"어! 이놈 봐라?"

수학선생은 2학년을 가르치고 있었다. 그래서인지 나를 잘 알지 못하는 것 같았다.

"잘못된 게 있습니까?"

나는 조심스럽게 물었다.

"너 이름이 뭐야?"

"강태수입니다."

"알았어. 책 들고 나가도 좋다."

수학선생의 허락이 떨어졌다.

이런 일은 다른 과목에서도 동일하게 벌어졌다.

대부분 10분 안팎으로 모든 문제를 풀었다.

"태수야, 이거 먹어라."

강호는 매점에서 빵과 우유를 한가득 사와서 내 앞에 풀어놓았다.

"뭘 이렇게 많이 사왔어?"

"맛있는 것 골라 먹으라고. 다른 거 먹고 싶냐? 짜장면, 아니지, 끝나고 탕수육 먹을까?"

강호는 신나 있었다.

오늘 시험에서 전공과목인 수학과 도움을 받았다. 아마도 평소보다도 훨씬 좋은 점수가 나올 것이 분명했다.

"태수야, 이럴 수는 없다. 어떻게 강호만 이런 혜택을 받을 수 있냐?"

옆에 있던 신구가 애처로운 표정을 지으며 말했다.

"미안하다. 너하고는 거리가 너무 떨어져서 어떻게 할 수가 없었다."

솔직하게 말했다.

옆줄에 있는 강호와 달리 신구는 맨 끝 줄에 앉아 있었다. 문제는 강호가 쉬는 시간에 자랑하듯이 신구에게 떠벌리는 바람에 난감해졌다.

"내 말이 그러니까, 오늘만 날이야? 내일도 모레도 있는데……. 태수야, 시험 끝나면 내가 화끈하게 쏠게."

신구는 내 어깨를 열심히 주무르며 말했다.

신구가 이러는 이유가 있었다.

마지막 시간이었다.

시험 감독관으로 들어온 담임이 내 전공 시험지를 보더니 그 자리에서 다 맞았다며 칭찬을 했다.

"나 참, 할 수 없네. 그럼 강호는 오늘처럼 옆에 앉고 너는 내 뒤에 앉아라. 일단 한 명에게 넘길 테니까 너희가 알아서 해. 단 들키면 너희나 나나 크게 잘못되니까 잘하고. 대략 평균 이상의 점수가 나올 수 있을 정도로만 한다."

"야, 감지덕지지. 평균만 되도 소원이 없겠다. 강호야, 뭐 하냐? 공부하시느라고 피곤하신 태수님의 다리 주물러야지."

신구의 아부 섞인 말에 강호가 즉각적으로 반응했다.

"당연하지. 오늘 집까지 고이 업고 갈 테니 걱정하지 마시고."

신구와 태수는 열심히 내 팔다리를 주물렀다.

"야, 야! 평상시대로 해! 너희, 너무 바뀐 거 아냐?"

말은 이렇게 했지만 기분은 좋았다.

지난날 강호와 신구에게 너무나 미안한 짓을 했다.

친구에게 이렇게라도 해줄 수 있다는 게 기분 좋았다.

물론 양심에 어긋나는 일이다. 그래서 다른 친구들에게 미안했다.

*　　　*　　　*

5일 동안의 시험이 모두 끝났다.

다행히도 신구와 강호에게 건네준 쪽지는 한 번도 걸리지 않았다. 앞으로 계속 이렇게 할 수는 없었다.

두 친구에게 다음 시험에는 절대로 이런 일이 없을 것이라고 못을 박았다.

시험이 끝나자 속은 편했다.

신구가 한턱 낸 점심을 맛있게 먹고는 송 관장의 집으로 향했다. 시험 기간 동안에는 방문하지 않았다.

나야 상관없지만 나를 가르치는 가인 또한 시험 기간이었다.

"강태수, 빨리 와야 될 것 아냐! 한 시간이나 늦었잖아!"

마당으로 들어서는 나를 보자마자 정자에 앉아 있던 가인이 신경질적으로 소리쳤다.

"미안하다. 친구와 점심 먹는 바람에."

"야, 누군 친구 없어? 약속을 정했으면 제대로 지켜야지! 첫날부터 이 모양이야?"

앙칼지게 소리치는 가인의 미간이 일그러졌다.

'꼭 성난 암고양이 같네.'

"정말 미안하다니까. 사정이 있었다. 그리고 이거 맛있어 보여서."

나는 재빨리 들고 온 케이크를 정자에 내려놓았다.

집에서 제과점을 하는 신구가 건네준 것이다.

"됐고, 일단 왔으니까 가방 내려놓고서 이 물통 들고 가서 약수나 떠와라."

가인이 건네준 물통은 작은 게 아니었다.

20리터짜리 물통이었다.

“어디 가서 물을 떠오라는 거야?”

“저기 위로 올라가면 약수터가 하나 있으니까 거기 가서 가득 떠와.”

가인은 손가락으로 앞에 보이는 봉우리를 가리켰다.

“아니, 물 떠오는 게 훈련이야?”

“잘 아네. 빨리 갔다 오도록.”

말을 마친 가인은 케이크 상자를 들고는 집으로 들어가 버렸다.

“나 원 참. 그래, 간다. 생각한 것이 있어서 내가 참는다.”

물통을 집어 든 나는 약수터로 향했다. 하지만 한 시간 가까이 올라갔는데도 가인이 말한 약수터가 보이지 않았다.

때마침 산에서 내려오는 등산객이 보였다.

“아저씨, 약수터가 어디 있습니까?”

“길을 잘못 들었는데? 아래 갈림길에서 왼쪽으로 가야지.”

“감사합니다. 이런, 송가인.”

물통을 들고 문밖으로 나설 때 뒤에서 가인이 소리를 질렀다. 갈림길에서 오른쪽으로 올라가라고.

30분을 더 헤맨 후에야 약수터에 도착할 수 있었다.

물통에 물을 채우고 들어 올리는 순간, 20리터의 무게가 장난이 아니었다.

중간 중간 가파른 바위길이 이어져 있어 빈 통으로 올라갈 때도 힘이 들었다.

이젠 물을 가득 채운 통을 들고 움직이자 다리가 후들거렸다. 결국 집에 도착할 때까지 세 번이나 비탈길에서 넘어지고 말았다.

*　　　*　　　*

가인은 나를 보자마자 불만 섞인 말투로 말했다.

"뭐야? 가득 채우지도 않고 왔네."

가인은 흙투성이가 된 나의 몰골은 아랑곳하지 않았다.

단지 물통의 물이 3분의 2정도밖에 채워지지 않는 것만을 두고 타박했다.

"오다가 미끄러져 통을 놓치는 바람에 그랬다. 그건 그렇고, 약수터 가는 길이 왼쪽이 아니던데 어찌 된 거냐?"

인상을 찡그리며 말하는 내 표정에 가인은 입을 삐죽 내밀었다.

"그랬나? 뭐 잠깐 착각할 수도 있지. 운동 되고 좋잖아."

가인은 대수롭지 않게 말했다.

그 모습에 울화통이 치밀어 올라 한마디 던지려는 순간이었다. 등 뒤에서 반가운 목소리가 들렸다.

"언제 왔어요? 어머, 옷이 말이 아니네. 오빠, 들어와서 벗어줘요. 세탁하게.”

예인은 내 모습을 보자마자 걱정하듯 말했다.

말 한마디 한마디가 가인과는 전혀 달랐다. 정말이지 천사
가 따로 없었다.

“괜찮아. 그냥 털면 되지.”

예인이의 행동에 어느 순간 화가 누그러졌다.

“빨리 벗어줘요. 오래 두면 옷에 얼룩져요.”

예인은 나를 이끌고 집으로 들어갔다.

“괜찮은데……”

나는 쑥스러웠지만 예인의 말을 따랐다.

예인은 내가 입을 만한 옷을 가지러 송 관장의 방으로 들어
갔다.

“내가 볼 때도 괜찮아 보여.”

지나가던 가인이 불쑥 던진 말이다.

정말 하는 말이나 행동이 같은 자매일까 하는 생각이 들었
다.

“아! 정말 내가 참아야지.”

가인과 말을 섞을수록 본전은커녕 울화만 더 치밀었다.

똥은 더러워서 피하지 무서워서 피하는 것이 아니었다.

“태수 오빠는 시험 잘 봤어요?”

예인은 추리닝과 함께 시원한 음료를 내왔다.

“생각한 대로 점수가 나올 것 같아.”

“좋겠다. 나는 점수가 떨어질 것 같은데. 오빠는 공부를 잘
하나 봐요?”

예인은 시험 성적 때문인지 살짝 미간을 찡그리며 말했다.
그 모습이 너무나 귀엽고 예뻤다.

“아니야. 그냥 그래.”

그때였다.

“예인아, 저 얼굴을 봐라. 어딜 봐서 그렇게 보이니. 중간
이나 가면 다행이다.”

아니나 다를까, 어느새 나타난 가인은 가만있지 않았다.

“겉모습만 보고 판단하면 안 되지. 그런 그대는 공부 좀 하
시나 봐?”

오는 말이 고와야 가는 말도 고운 법이다.

“야아, 어떻게 알았냐? 예인아, 네가 말했니? 이 언니 공부
잘한다고.”

가인은 우쭐한 표정으로 머리카락을 손으로 쓸어 넘기며
말했다.

‘예쁘긴 예쁜데 말하는 싸가지가 영…….’

“후후, 정말 못 말린다니까. 맞아요. 언니가 전교 1등이에
요.”

“엥! 전교 1등? 정말이야?”

나는 믿지 못하겠다는 표정으로 다시 예인에게 물었다.

"네, 중학교 때부터 지금까지 줄곧 전교 1등이에요."

솔직히 예인의 말이 믿기지가 않았다.

"야, 보기하고 전혀 다른데? 예인이가 훨씬 잘하게 보이는데."

"언니가 저보다 머리가 좋은 것 같아요. 저는 노력은 하는데 한 번도 못해봤어요."

예인은 수줍게 말했다.

"그러면 예인이는 전교 몇 등인데?"

나의 물음에 예인은 웃으며 손가락 두 개를 폈다.

"전교 2등?"

예인은 내 말에 고개를 끄떡였다.

'얼굴도 예쁜지, 키도 크지, 거기다 몸매도 최상인 데다가 머리까지 좋구나.'

금상첨화(錦上添花)도 이런 금상첨화가 없었다.

"이번에도 언니를 넘지 못할 거예요. 실수한 문제가 몇 개 있어서요."

말하는 예인의 표정에서 아쉬움이 묻어나왔다.

"너는 너무 긴장하는 버릇을 고쳐야 돼. 평상시 실력은 나보다 좋은데 말이야."

'그랬구나. 예인이가 차분하기는 하지만 긴장하는 버릇이

있구나. 가인이는 지금 당장 하늘이 무너진다고 해도 눈 하나 깜짝하지 않을 것이 분명하고.'

내가 두 사람을 번갈아 뻔히 쳐다보자 가인의 퉁명스런 목소리가 들려왔다.

"뭘 그렇게 위아래로 훑어봐? 네가 어찌 해볼 수 없는 나무다."

가인의 말에 웃음이 절로 나왔다.

"하하하! 애들을 상대해서 뭐하게."

"어이가 없네. 야, 나중에 결혼하면 내 나이는 너한테 형수뻘이야. 애가 좀 이상한 것 같아. 불혹이라고 하지를 않나. 아빠가 뭘 잘못 판단하신 것 아냐."

내 말에 가인의 목소리가 퉁명스럽게 변했다.

그때 예인의 웃음소리가 들렸다.

"깔깔깔! 내가 볼 때 꼭 연인이 싸우는 것 같아."

예인은 가인의 말에 배를 잡고 계속 웃었다.

"예인아, 난 절대로 꼴통하고는 만나지 않는다."

가인의 입에서 뜻밖의 말이 나왔다.

"말이 심하네. 내가 꼴통인지 아닌지 어떻게 아는데?"

"어, 나는 널 두고 한 말이 아닌데? 도둑이 제 발 저리나 봐."

"뭐야? 장난해!"

내 표정을 보던 예인이 중간에 끼어들며 말렸다.

"언니, 그만해. 언니 말이 심했어."

"나는 틀린 말 한 적 없다. 다니는 학교 보면 모르냐. 아함!
피곤하다."

가인은 사과는커녕 화를 더욱 돋는 말만 했다.

"뭐라고? 송가인!"

내 말에는 대꾸도 하지 않고 가인은 하품을 하면서 자신의
방으로 들어갔다.

"미안해, 태수 오빠. 언니가 원래는 저러지 않았는데 엄마
가 돌아가시고 나서부터 좀 그래요."

예인은 말에 소파에서 벌떡 일어나던 난 멀쑥해졌다.

"그렇게 흥분할 것도 아닌데 내가 너무 예민하게 반응했
다."

일반적인 사람들이 생각하는 것도 다르지 않았다.

어떤 학교를 다니고 나와야 하는지가 그 사람의 일생을 좌
우하는 세상이었다. 학벌주의가 더 심해져 있는 미래에서 살
다 오지 않았는가.

그나마 지금은 그 정도는 아니었다.

"언니가 그래도 맏이라고 책임감을 많이 느껴서 그래."

예인은 내가 묻지도 않았는데 가인의 이야기를 하나둘 들
려주었다. 또한 송 관장이 체육관을 그만두게 된 일도 알려주

었다.

원인은 예인이 어머니의 병원비 때문이었다.

두 번의 암 재발과 세 번의 수술은 예인이 어머니의 몸은 물론 가족들도 지치고 힘든 나날을 보내게 만들었다.

어머니의 첫 번째 수술을 성공리에 마친 후 어머니의 회복과 요양을 위해 지금 살고 있는 이 집을 마련했다.

하지만 잠깐의 기쁨이었다.

예인의 가족이 행복했던 생활은 그리 오래가지 못했다.

가장 헌신적으로 어머니 병간호에 매달렸던 가인의 충격이 가장 컸다.

어머니가 돌아가신 날 가인은 곱고 윤기 나던 긴 머리카락을 자신이 직접 잘랐다고 한다.

가인의 어머니는 가인의 길고 검은 머리카락을 손질해 주는 것을 무척 좋아했다고 예인은 담담히 말해주었다.

모든 이야기를 듣고 나니 가인이 조금은 불쌍하다는 생각이 들었다.

나 또한 아버지의 갑작스런 죽음이 커다란 충격으로 다가왔었다.

그 그늘에서 벗어나기까지 한 달을 술로 보냈다.

그때가 내 나이 서른이었다.

나는 예인의 말을 들으며 다시 한 번 죽음을 떠올렸다.

감당할 수 없던 절망 때문에 죽음을 선택했었다.

살아오면서 늘 비정하기만 했던 세상과 운명은 또 다른 선택의 길로 나를 인도했다.

송 관장과의 만남을 통해서 이어진 가인과 예인의 인연은 이전의 삶 속에는 들어 있지 않는 이야기다.

'운명의 끈이 이곳으로 인도한 것인가? 아니면 예인과 가인은 내가 죽지 않았다면 앞으로 만날 수 있었던 인연일까?

짧은 순간 많은 생각이 머릿속을 파고들었다.

'아니면 그저 거리에서 스쳐 지나갔던 사람들 중 하나였을까?

집으로 돌아오는 길에서도 여러 생각과 상상이 머릿속을 떠나지 않았다.

새롭게 만들어져 가는 인연과 추억들은 진정 내 것이었나 하는 물음표가 떠올랐다.

미래를 알고 있는 나는 이미 정해진 길로 가는 시간 속에서 나에게 이롭지 않거나 안 좋은 일들은 철저히 피해갈 것이 분명했다.

나의 이러한 행동으로 인해서 바뀌게 되는 세상에서 상처 받는 사람들이 생기지 않을까 하는 생각도 들었다.

죽기 전에 나는 가진 자들이 움켜쥐고 있는 정보와 적용되는 특권들로 인해 피해를 받았다고 확신했다. 또한 그 피해와 울분을 적대적인 행동으로 옮겨야 하나 고민한 적도 있다.

세상에는 언제나 약자가 넘쳐났고 강자들의 먹잇감이 되어갔다.

강한 힘 앞에 굴복할 수 없었던 평범하고 힘없는 사람들의 상처를 고스란히 갖고 있는 나다.

'나도 똑같은 사람이 되길 원했던 것은 아닐까? 내게 주어진 정보들과 지식을 활용하여 내가 그토록 증오했던 자들과 같은 길을 걷고 싶은 욕망이……'

작은 생각들이 하나둘 모여들더니 큰 파도가 되어서 나를 엄습해 왔다.

도대체 나는 무엇 때문에 이곳에 온 것일까?

복잡한 머리 위로 마치 돋보기에 모아진듯 뜨거운 태양의 빛이 나만을 비추는 듯했다.

Chapter 6

아침부터 난리가 아니었다.

첫 수업부터 나를 부르는 호명이 이어졌다.

"앞으로도 지켜보겠다. 잘했다."

물리선생이 칭찬을 해주었다.

단 한 문제도 틀리지 않았다.

"이름 부른 놈들 앞으로 나와. 이동식, 김정우, 최현
아……."

물리 시험 점수가 50점을 넘지 못한 아이들이 줄줄이 앞으
로 소환되었다.

남자는 엉덩이를, 여자는 손바닥을 맞았다.

매를 맞는 것보다 앞에 나와 섰다는 창피함이 더 클 것이다. 50점을 넘지 못했다는 것을 공개적으로 드러낸 것이다.

22년 전 나도 저 앞에 섰었다.

수학 시간에서도 동일했다.

"전자과에서 유일한 만점이다. 강태수 일어나 봐."

수학선생이 나를 불러 세웠다.

"자, 박수 한번 쳐줘라. 2학년 때 성적을 봤는데 정말 많이 향상되었다. 너희도 목표를 갖고 열심히 하면 태수처럼 될 수 있다."

"와아!"

짝짝짝!

아이들의 기분 좋은 함성과 박수 소리가 싫지 않았다.

종례 시간에 담임은 내가 시험 성적 향상에 대한 상을 받을 것이라고 말했다.

더욱이 늘 점수가 잘 나오지 않던 전공과목 모두에서도 만점이었다.

담임은 나를 따로 과 사무실로 불렀다.

"태수야, 너 취업하지 말고 대학 진학을 목표로 해라. 자, 이것 받아라."

담임은 흰 봉투를 내게 내밀었다.

"이게……."

나는 봉투와 담임을 번갈아 쳐다보았다.

"구두 상품권이다. 선생님이 기특해서 주는 것이다. 태수 덕분에 교장선생님뿐만 아니라 다른 선생님들한테서도 내가 칭찬을 많이 들었다. 네가 얼마나 노력했는지 선생님은 다는 알지 못한다. 하지만 정말 열심히 했다는 걸 이번 시험을 통해 알았다. 아직 채점이 끝나지 않은 과목이 있어서 확신할 수는 없지만 대부분 과목에서 만점을 받은 것 같다."

"감사합니다."

봉투를 받아 들고는 담임에게 인사를 했다.

"앞으로도 열심히 해라. 학교에서도 열심히 하는 학생에게는 여러 가지 지원하는 제도가 있으니까 공부만 잘하면 된다. 알았지?"

"네, 열심히 하겠습니다."

"필요한 것 있으면 주저하지 말고 말해라. 그래, 가봐라."

담임은 내 어깨를 두드려 주며 말했다.

평범하기 이를 데 없던 내가 갑자기 두각을 나타내니 담임도 처음은 당황했을 것이다.

사무실로 나오며 봉투를 열어보니 담임의 말대로 구두 상품권이었다.

"잘됐네. 아버지 구두나 사드려야겠다."

가방에 구두 상품권을 넣을 때 밖에서 기다리던 강호가 다가왔다.

아버지는 경제적인 활동을 하지 못하시고 늘 집에 누워 계시는 일이 많았다.

돈이라도 넉넉하게 있으면 병원에 입원하여 치료를 받으면 좋아지실 수도 있었다.

하지만 엄마 혼자서 버는 돈으로는 생활하기에도 빠듯했다.

"태수야, 담임이 뭐라고 하던?"

"열심히 해서 대학 가란다."

"가면 되지. 이왕 갈 거면 서울대 가라."

강호와 신구는 평소 때와 다르게 앞으로 불려나가 창피를 당하지 않은 것에 대해 무척이나 고마워했다.

시간 날 때마다 자신들의 구세주라고 나를 떠받들었다.

두 사람은 시험 때마다 불려나가 매를 맞는 것이 연례행사였다.

"서울대는 아무나 가냐."

"예전에는 모르겠는데, 지금의 너라면 갈 수 있다고 생각한다. 어떻게 공부했는지는 모르지만 요즘 네가 보여준 모습을 보면 말이 안 나올 정도다."

"그렇게 생각해? 내가 많이 달라져 보이냐?"

"그걸 말이라고 하냐! 180도, 아니, 360도 달라졌다. 그건 그렇고, 늦었다. 빨리 가자."

강호는 나를 재촉했다.

"나 안 한다고 했잖아."

"태수야, 고삐리가 아니라 대딩이라고 내가 얼마나 부탁해서 마련한 자린데 그래."

강호는 똥마려운 강아지처럼 졸라댔다. 강호는 초등학교 때 크게 아파서 학교를 1년 동안 쉬었었다.

그때의 친구들이 지금은 대학생이 되어 있었다. 하지만 중년의 정신을 갖고 있는 나에겐 고등학생이든 대학생이든 여자애들은 다 똑같이 비쳤다.

"그래, 알았다."

"자식, 좋으면서 빼기는. 하하하! 오늘 느낌이 팍팍 온다."

강호는 내 어깨를 감싸며 크게 웃었다.

그런 강호의 꿍꿍이가 한눈에 보였다.

대학생과 미팅을 주선한 이유는 기말고사까지 확실한 보장을 나에게 받고 싶어서였다.

약소 장소에 도착하자 강호의 친구가 먼저 와 있었다.

"인사해라. 이쪽은 동네 친구 박동호."

"안녕하세요. 강태수라고 합니다."

"그냥 말 놔도 돼. 이놈은 학교를 일찍 들어가서 너랑 같은 나이니까."

강호가 의자에 앉으며 말했다.

"그래, 말 놓자. 그게 나도 편하다. 강호 놈이 하도 거머리처럼 달라붙어서 자리를 마련했다."

"그럴 것 같았다. 아직 아무도 안 왔나 보네."

오후인데도 카페는 조명 때문인지 실내가 어두웠다.

"곧 올 거다. 내가 동아리 친구라고 말해 놨다. 과는 전자공학과라고 이야기했으니까 잘 말해라. 고삐리 티내지 말고."

동호는 강호에게 주의를 주었다.

"아 새끼, 걱정하지 마라. 장사 한두 번 해보냐."

그때 문소리가 들렸다.

문을 열고 들어오는 세 명의 여자가 보였다.

동호가 손을 들어 흔들자 앞장서서 들어오던 여자애가 손을 들어 화답했다.

강호는 여자들을 보자 머리를 매만졌다. 긴장하는 눈빛이 역력했다.

내 기억 속의 강호는 여자와 별로 인연을 만들지 못했다. 군대를 갔다 오고 4년이 지나서야 간신히 여자 친구를 만들었다. 그리 오래가지는 못했지만.

"자, 이쪽은 이강호, 저쪽은 강태수. 같은 문학 동아리에 있는 친구들."

'많은 동아리 중에 하필 문학 동아리라니.'

나는 글쓰기에는 전혀 소질이 없었다.

"반갑습니다. 이강호라고 합니다."

강호는 얼굴은 기대감으로 충만했다.

세 명의 여자애 중 두 명은 그런대로 봐줄 만했다.

하지만 나머지 한 명은 적게 잡아도 70㎏ 이상 나갈 것 같은 몸매와 그에 어울리는 커다란 얼굴을 소유하고 있었다.

"강태수라고 합니다."

나의 소개를 끝으로 여자 쪽으로 넘어갔다.

"시각디자인 전공이고, 김수정."

짧은 숏커트에 잘 어울리는 귀고리와 모자를 쓰고 온 여자애였다.

전체적으로 얼굴이 동그랗고 윤곽이 뚜렷한 한국적인 미인이다.

"같은 과고, 홍은희."

이 친구는 긴 생머리에 하늘색 원피스가 잘 조화되어서 발랄해 보였다.

"나는 정소희."

문제의 여자다.

살이 빠지면 얼굴은 그런대로 봐줄 만할 것 같았다. 하지만 머리를 쓸어 올리는 두툼한 손이 나보다 컸다.

"먼저 마실 것을 시키고 얘기 나누자."

동호의 말에 각자 취향대로 음료수를 시켰다.

종업원이 내온 커피와 오렌지주스를 사이에 두고 오고 가는 말들은 그 또래들이 나눌 수 있는 이야기였다.

나는 몇 마디의 말이 오고 간 후부터는 흥미를 잃었다.

그저 말없이 듣기만 했다.

서로를 탐색하듯이 40분 정도 이야기를 나눈 후 주선자인 동호가 짝을 정하자고 말했다.

남자의 소지품을 여자가 선택하는 걸로 정했다.

여자들이 잠깐 자리를 비운 사이 나는 주머니를 뒤졌다. 막상 꺼내놓을 만한 것이 없어서 집 열쇠를 내놓았다.

강호는 제발 뚱뚱한 여자애만은 절대로 안 된다는 말과 함께 작고 귀여운 인형을 꺼내놓았다.

동호는 가방에서 만년필을 꺼내 탁자에 내려놨다.

그사이 여자들이 자리로 돌아왔다. 강호의 표정은 간절했다. 제일 먼저 선택을 한 여자애는 강호가 그토록 경계하던 정소희였다.

소희는 주저 없이 강호가 내려놓은 귀여운 인형을 집었다.

그 순간 강호의 얼굴이 흙빛으로 바뀌었다.

"강호 거네."

동호의 말에 소희는 만족한 표정이다.

강호는 키는 좀 작아도 선 굵은 얼굴이 꽤나 봐줄 만했다.

"짝이 된 분은 일어나서 나가시면 되고, 다음 분."

동호의 말이 떨어지자 소희는 벌떡 일어나 자신의 가방과 강호를 챙겼다.

두 사람이 나가는 모습을 바라보자니 강호의 뒷모습이 마치 도살장에 끌려가는 소처럼 보였다.

두 번째로 선택한 여자애는 홍은희였다.

은희는 동호가 내려놓은 만년필을 집어 들었다. 자연스럽게 나는 김수정과 짝이 되었다.

"집 열쇠?"

수정은 나에게 열쇠를 돌려주면서 말했다.

"어. 내놓을 게 없어서."

"원래 그렇게 말이 없니?"

"꼭 그렇지는 않아."

"그러면 내가 마음에 들지 않아서?"

수정은 턱을 양손으로 감싸며 뚫어지게 나를 바라보며 말했다.

"아니. 귀여운데……."

그 모습이 왠지 낯설어 말이 잘 나오지 않았다.

"말투가 꼭 나이 먹은 아저씨 같네."

수정의 말에 도둑이 제 발 저리듯 나는 놀란 토끼눈이 되었다.

"뭘 그렇게 놀래? 이 아저씨 안 되겠네."

수정은 확연히 드러나 보이는 내 표정에 장난을 걸었다.

"정말 아저씨로 보이니?"

수정의 말에 나는 진지하게 물었다.

"깔깔깔! 뭐가 그리 심각해? 당연히 농담이지."

심각한 얼굴로 조심스럽게 물어오는 내 모습이 재미있었는지 수정은 목젖이 보일 정도로 크게 웃었다.

*　　*　　*

수정의 안내를 받으며 홍대 거리로 향했다.

1990년의 홍대 거리는 단순하고 깔끔한 이미지로 다가왔다.

이곳으로 오기 전 상업적으로 물들어 버린 홍대 거리는 특유의 자유스러움과 생동감이 퇴색되어 버렸다.

수정이 다니는 학교는 홍대였다.

부모의 반대를 무릅쓰고 자신이 원하는 학교와 학과를 선택했다.

수정의 부모님은 누구나 알아주는 명문대를 들어가기를 원했고, 언니오빠들도 모두 명문대를 다니거나 졸업했다고 말했다.

수정은 자신이 막내였기에 가능한 일이었다고 한다.

"어때? 분위기 괜찮지?"

수정과 함께 들어온 곳은 유럽풍 스타일에 아기자기한 소품으로 분위기를 살린 파스타 가게였다.

"좋아 보인다."

가게의 테이블은 일곱 개가 전부였다.

한때 만났던 여자 친구도 파스타를 꽤나 좋아했었다.

하지만 주식에 정신이 팔리고 난 후부터 파스타를 먹은 적이 없었다.

잠시 잊고 있었던 기억이 떠올라서인지 나도 모르게 혼잣말이 나왔다.

"후후! 그때는 왜 그랬는지."

나도 모르게 혼잣말이 나왔다.

"무슨 말이야?"

"아무것도 아니야. 그냥 잊고 있던 생각이 떠올라서."

"옛 여자 친구?"

"아니야."

나는 손사래를 치며 말했다.

"얼굴에 다 쓰여 있는데. 나 지금 여자 생각하고 있었습니다, 라고."

수정의 말에 속마음을 들켜서인지 수줍은 계집아이처럼 볼이 붉어졌다.

나는 남들처럼 감정을 잘 숨기지 못했다. 그 때문에 회사 생활도 쉽지 않았었다.

"봐, 내 말이 맞네. 강태수, 내 앞에서는 거짓말하지 마라. 오늘은 첫날이니까 봐주는 거야."

수정은 크게 선심을 썼다는 표정이다. 왠지 그런 그녀의 모습이 싫지 않았다.

"맞다. 네 말처럼 여자 생각했다. 앞으로는 그렇지 않겠습니다, 수정 마마."

나는 수정에게 장단을 맞추듯 고개를 숙이며 말했다.

"오냐. 앞으로 더욱 조심하거라. 너의 모든 죄를 용서하노라."

수정은 고해성사가 끝난 후의 가톨릭 사제처럼 죄를 사하는 동작을 취했다.

"하하하!"

나는 수정의 발랄한 모습에 웃음이 나왔다.

"깔깔깔!"

수정 또한 웃음을 참지 못했다.

별로 웃긴 상황이 아니었지만 나와 수정은 서로를 마주 보며 한참을 웃었다.

처음 만남이었지만 마치 이삼 년을 함께 지낸 여인처럼 편하고 재미있었다.

꾸미지 않고 가식이 없는 수정의 모습에 무척이나 마음이 끌렸다.

오래간만에 먹은 파스타도 맛있었다.

요리도 맛있었지만 오랜만에 느껴보는 연애 감정이 더욱 그 맛을 배가시켰다.

수정의 성격은 나와 죽이 잘 맞았다.

부정적이고 우울하기만 했던 성격이 과거로 오고 난 후부터 밝았던 옛 모습을 찾아가는 것 같았다.

한동안 잃어버렸던 웃음도 어느새 제자리로 돌아와 있었다.

수정이는 가인이와 예인이 두 자매하고는 또 다른 매력을 지닌 여자였다.

그녀는 사람을 즐겁고 밝게 만들어주는 재주가 있었다.

수정은 나에 관해 많은 질문을 했다.

나이에 맞는 질문이 대부분이었지만 엉뚱한 질문도 있었다.

"너를 보니까 돌아가신 우리 삼촌이 생각나."

뜬금없는 소리였다.

나를 얼마나 봤다고 그런 말을 하나 하는 생각도 들었지만, 노땅처럼 진부한 이야기를 했나 하는 생각이 앞섰다.

"무슨 말이야?"

"네가 하는 말투가 꼭 삼촌 같아서 하는 말이야. 막내삼촌은 4년 전에 히말라야에서 실종되셨어. 지금은 다 잊은 이야기지만……."

말하는 수정의 표정에는 변화가 없었다.

"그런 일이 있었구나. 내 말투가 마음에 안 드니?"

조심스럽게 물었다.

왠지 모르겠지만 말투가 마음에 안 든다면 고쳐야겠다는 생각이 들었다.

"아니. 그게 오히려 마음에 들어. 막내삼촌은 보헤미안 같은 사람이었어. 우리 집안의 문제아였지만, 남들이 인정하는 직업과 반듯한 모습을 보여야 되는 집안사람들과는 달리 완전한 자유인이었어. 어쩌면 삼촌의 영향 때문에 내 주장을 강하게 펼쳤는지 몰라."

"삼촌을 무척 좋아했나 보구나."

수정은 내 말에 고개를 끄떡였다.

"다행이다. 네가 좋아하는 분과 닮은 점이 있어서."

수정의 말에 기분이 좋았다.

"후후! 운명 같아. 앞으로 남자를 만나 사귄다면 꼭 막내삼촌 같은 사람이어야 한다고 어려서부터 못을 박았거든. 이상하게도 태어나 처음으로 시도한 미팅에서 너를 만났으니까."

"정말이야?"

수정은 남자들이 많이 따를 타입이었다.

"왜? 아닌 것 같아?

"아니!"

나는 일부러 큰 소리로 말했다

'하하! 운명이라는데 받아들여야지.'

수정이는 웃는 모습이 특히나 매력적이었다.

내가 잘하지 못하는 것을 하는 사람에게 끌리는 것처럼 그런 그녀의 모습이 좋았다.

"나는 운명을 믿어서 그런지 처음 나와 짝이 되는 남자와는 싫든 좋든 적어도 1년은 만나보기로 마음속으로 다짐했어. 소희의 간곡한 부탁도 있긴 했지만, 왠지 다른 날과 달리 오늘은 누구를 만난다는 게 싫지 않았어. 태수 너는 황송하게 생각해야 해. 적어도 100번쯤은 미팅을 거절했으니까. 이래봬도 나 학교에서 인기인이다."

수정이 콜라를 마시며 말했다.

사람에게서 매력을 느낀다는 게 이런 거구나 하는 생각이 들었다. 수정의 말은 듣는 사람의 기분을 좋게 만들었다.

"그럼 어떡하든 내가 널 1년 동안은 책임져야 하는 거야?"

"음! 하는 것 봐서 평생도 생각해 볼 수 있지."

톡톡 튀는 수정의 말투가 좋았다.

설렘일까? 상큼하고 귀여운 모습까지 맞물리자 수정에게서 너무나 좋은 느낌이 풍겨왔다.

"하하하! 좋아, 해보지. 나중에 후회하면 안 된다?"

"지켜보겠어. 지금껏 나의 선택에는 후회란 없었습니다."

수정과 나는 정말 오래된 친구처럼 의기투합이 되었다.

미처 내가 아직 고등학생이란 말은 하지 못했지만, 그런 걸로 이 기분을 망치고 싶지 않았다.

수정과 헤어져 집으로 돌아온 후에도 절로 미소가 지어졌다.

메모지에 적힌 수정의 전화번호를 여러 번 펼쳐보았다.

보는 순간 단숨에 머릿속으로 들어온 번호였지만, 종이에 적힌 예쁜 글씨체가 수정을 떠올리게 했다.

"이런 기분을 완전히 잊어버린 줄 알았는데……. 이제부터는 내 나이를 말끔히 잊어버리자."

모든 게 바뀌어 버린 현실에서 자꾸 과거의 사슬에 얽매이는 게 아닌가 생각되었다.

이젠 정말 새로운 시작이고 출발이고 싶었다.

"과거로 돌아와서 다른 건 모르겠지만 주변 여자들이 다들 예쁜 건 정말 마음에 든다."

귀엽고 맑은 수정이, 청순하고 수려한 예인이, 성격이 무척 이나 까칠하지만 이지적이고 아름다운 가인이까지.

이곳으로 오기 전 살아온 인생에서 이런 여자들은 나에게 없었다.

"인생사 새옹지마라고 하더니 그 말이 정답이구나. 앞으로 어떤 인연들을 만나게 될지 모르겠지만 모두에게 도움이 되는 사람이 될 거다."

밥을 축내는 기생충이라는 소리까지 들었던 지난날이 있었다.

이제는 하루빨리 모두 잊어버려야 될 기억의 잔재였다.

Chapter 7

아침부터 내 자리로 온 강호는 어제 일을 물었다.

"주인공은 정해져 있었네. 나 정말 죽을 뻔했다."

강호는 파트너인 정소희에게 밤늦게까지 끌려 다녔다고
한다.

전혀 엉뚱한 전화번호를 주고서야 풀려날 수 있었다고 떠
들었다.

"내가 볼 때는 너랑 잘 어울리던데."

"야, 끔찍한 소리 하지 마라. 정말 꿈에 볼까 두렵다."

강호는 나의 말에 너스레를 떨었다.

"하여간에 신경 써준 것 고맙다."

수정을 만나게 해준 강호가 고마웠다.

"꼭 기억해야 한다?"

강호는 힘주어 말했다.

"알았어, 인마!"

"하하하! 너라도 잘돼서 그나마 다행이다."

나의 말에 강호는 미팅의 주선이 꼭 실패가 아니었다는 것을 확인하는 웃음을 보였다.

그때 반장인 정수의 목소리가 들렸다.

"태수야, 오늘부터 체육대회에 나갈 사람들 연습 있으니까 가지 말고 남아라."

반장인 정수가 선수 명단을 일일이 확인하며 아이들에게 공지사항을 전달하고 있었다.

"몇 시까지 할 건데?"

오늘은 송 관장의 집에 가는 날이다. 이번에도 늦으면 가인에게 무슨 봉변을 당할지 몰랐다.

"손발을 맞춰야 하니까 한두 시간 정도 하려나."

"일이 있는데."

"농구 인원은 적어서 열외는 없다."

"알았다. 전화해야겠네. 정말 이럴 때는 휴대폰이 짱인데."

아직 나오지 않은 휴대폰이 정말 아쉬운 순간이다.

수업이 끝나자마자 가인에게 전화를 했지만 아무도 받지 않았다.

"젠장. 어떡하나."

공중전화를 붙잡고 있는 나를 본 강호가 껄렁껄렁한 걸음걸이로 다가왔다.

"뭐해? 벌써부터 애인한데 전화질이야?"

"아니야, 인마. 가야 할 곳이 있는데 농구 연습 때문에 늦어진다고 전화 건 거야."

"에이, 아닌 것 같은데? 수정이라 했나? 귀엽고 예쁘던데, 그렇게 좋으냐?"

강호는 눈웃음을 머금은 채 내 어깨를 툭툭 쳤다.

"아니라니까. 인간이 속고만 살았나."

"그래, 이 형님이 믿어줄 테니 태수야, 꼭 새끼 쳐야 한다."

강호는 내 손을 잡으며 애절한 눈빛을 보냈다.

그런 강호에게 찬물을 끼얹는 소리를 했다.

"넌 어여쁘고 듬직한 소희가 있잖아?"

"에이, 정말! 더 이상 그 이름 올리지 마라. 행여 다시 볼까 두렵다. 말을 안 해서 그렇지 어젯밤에 가위까지 눌렸다니까."

강호는 나의 말에 오만상을 찌푸리며 말했다.

나중에 들은 이야기지만 강호는 소희에게 억지로 키스를 당했다고 한다.

강호의 말을 빌리면 키스를 하지 않기 위해 온몸으로 저항했지만 소희의 힘은 인간 같지 않았단다.

그때 강호와 나를 부르는 소리가 들렸다. 강호 또한 체육대회 때 농구선수로 선발되었다.

＊　　＊　　＊

농구장에는 다른 과의 아이들 모습도 보였다.

그들 속에 나와 충돌했던 금속과 놈들이 보였다.

내 얼굴을 알아본 아이가 나에게 맞아 쓰러졌던 김수열의 어깨를 치며 나를 가리켰다.

김수열 또한 금속부 농구선수로 선발된 것 같았다.

김수열은 나를 쳐다보더니 묘한 웃음을 지었다.

"저 새끼가 아직도 정신 못 차렸네."

옆에 있던 강호가 나를 노려보고 있는 김수열을 보며 말했다.

"아직 어리잖아. 그냥 내버려 둬라."

"낄낄낄! 그래, 네 말이 맞다."

강호는 내 말에 웃음을 터뜨렸다. 그날 이후 금속과 놈들은 별다른 행동을 취하지 않았다.

부쩍 늘은 나에 대한 선생님들의 관심 때문에도 부담이 되겠지만, 금속관를 휘어잡고 있는 박종수가 서울시장배 권투 대회에 열중하고 있는 이유가 가장 컸다.

하지만 이대로 놈들이 그냥 있지 않을 것이라는 것은 잘 알고 있었다.

강호와 나는 한쪽 농구 코트에서 공을 던지고 있는 친구들에게로 향했다.

그날 내가 보여준 농구 실력은 반 친구들의 시선을 한 번에 휘어잡았다.

"왔냐?"

대회에 나갈 아이들은 대부분 키가 컸다. 후보까지 뽑힌 여덟 명의 아이 중에 나와 강호는 작은 축에 속했다.

일단 네 명씩 편을 갈라서 선발로 나갈 선수를 뽑기로 했다.

고등학교를 졸업하고 대학에 들어가고부터 나는 농구에 흥미를 가졌었다.

졸업 후 사회에 나가서도 사회인 농구 동아리에 가입해서 열성적으로 활동도 했다.

한창때 익숙했던 동작들을 지금의 몸이 기억할까 하는 걱정이 앞섰지만 그건 나의 기우였다.

　　포인트 가드를 맡아서 사회인 체육대회에서 3위까지 입상했던 실력이 고스란히 배어나왔다.

　　이제 한참 농구에 흥미를 붙일 시기의 친구들과는 실력 차가 확연히 드러났다.

　　내가 하는 드리블이나 슛을 파울이 아니면 제대로 막지 못했다.

　　"헉헉! 이 인간이 밥 먹고 농구만 했나?"

　　강호는 나를 수비하기 위해 쫓아다니다가 땅바닥에 아예 누워 버렸다.

　　상대편인 아이들도 대부분 심하게 숨을 몰아쉬고 있었다.

　　점수는 더블스코어로 완벽하게 내가 속한 팀이 이겼다.

　　다른 과의 아이들도 연습을 중단하고 경기를 구경할 정도로 내 실력은 군계일학(群鷄一鶴)이었다.

　　같은 과의 친구들도 강호의 말에 동조하는 눈빛을 던졌다.

　　왜 진작 실력을 보여주지 않았을까 하는 의구심의 눈초리였다.

　　실력이 입증되자 친구들은 더 이상 연습에 나를 묶어두지 않고 보내주었다.

＊　　　＊　　　＊

버스가 늦게 오는 바람에 가인과 약속한 시간보다 늦었다.

"야, 강태수! 꼴에 뛰어오는 척은 하는데? 지금 시간이 몇 시야?"

가인의 말처럼 정류장부터 쉬지 않고 뛰어왔다.

"헉헉! 전화를 했는데… 헉헉! 아무도……."

도착하자마자 두 무릎을 잡고 숨을 골랐다. 가인의 집은 언덕 위 맨 끝에 있었다.

"됐고, 늦었으니까 통 하나 더 들고 가서 전에처럼 물이나 떠와."

가인은 자신의 발치에 갖다 놓았던 통을 나에게 던졌다.

"헉헉! 난 물이나 뜨러 이곳에 오지 않았다."

또다시 물을 떠오라는 말에 화가 났다.

"그럼 뭐하러 왔는데?"

"무술을 배우려고 왔지."

"그럼 잔말 말고 가서 물 떠와."

가인은 나의 말에 대꾸하기도 귀찮다는 표정이다.

"내가 체력이 안 돼서 물을 떠오라는 거야?"

영화나 무협지에서 흔히 체력과 인내력을 기르기 위해 나온 장면이 떠올라서 물었다.

"아니. 물 끓이기 귀찮아서. 산에서 내려오는 약수를 먹는 게 몸에도 좋잖아."

"뭐? 고작 그게 이유였어?"

나의 말에 가인은 고개를 끄떡였다. 그 모습에 너무나 어이가 없었다.

차라리 내가 생각한 이유였다면 그런대로 받아들일 수 있었다.

한데 고작 물 끓이기 싫다는 이유로 종 부리듯 물을 떠오라시킨 것이다.

"나 참, 기가 막혀서 말이 안 나오네."

"그렇게 말해도 변하는 것은 없어. 가서 물 떠와."

가인은 대수롭지 않다는 듯 다시 말했다.

"싫다면?"

"그럼 아무것도 할 게 없네. 분명 아빠가 너를 가르치라고 나에게 말했고, 너도 거기에 동의한 걸로 아는데 아니었나?"

"맞는데, 물 떠오라는 말은 없으셨지."

"만약에 이 일을 아빠가 시켰다면 네가 이 정도로 반발했을까?"

"무슨 소리야?"

"너 나한테 진짜로 배울 마음이 있는 거야?"

가인은 오히려 나에게 질문을 던졌다.

"그건……."

아닌 게 아니라 대련을 통해 가인의 실력은 확인했다.

하지만 나이도 어린 여자애한테 뭘 배울까 하는 마음을 솔직히 갖고 있었다.

더욱이 처음 보자마자 반말을 찍찍 내뱉는 가인이었기에 그런 생각이 더했는지도 모른다.

"너는 말뿐이지 행동으로는 그런 모습을 보이지 않았어. 아빠가 나에게 너를 가르치라고 한 후부터 거기에 응했다면 아빠에게 배움을 받는 것처럼 진진하게 임해야 했어. 하지만 너는 처음부터 내가 하는 말에 토를 달고 의심을 두었지. 아마도 나한테 뭘 배울까 하는 마음이었겠지. 무도를 배우는 데 있어서 스승은 하늘 같은 존재야. 스승이 어떤 말을 하더라도, 그것이 행여 뻔히 보이는 거짓이라 해도 진실로 받아들이고 믿어야 하는 거야. 믿음과 신뢰가 없다면 진실한 가르침도 없어. 내가 너에게 가르칠 게 있는 이상 너는 나를 스승으로 따라야 해. 말도 안 되는 일을 시켜도."

진지한 척 말하는 가인의 표정에서 속마음이 뻔히 보였다. 뭐라 대꾸를 해주고 싶었지만 나에게 가르칠 것이 있는 가인이기에 참았다.

가인의 말처럼 목마른 것은 나였다. 나는 말없이 통을 들고는 약수터로 향했다.

"언니, 너무 심했다."

예인이 가인에게 다가오며 말했다.

"너는 벌써 잊어버렸어? 아빠를 따랐던 사람들이 아빠를
어떻게 배신했는지. 아빠가 누굴 다시 가르치는 걸 이제는 원
치 않아. 그때 그렇게 떠나 버린 사람들을 바라보던 아빠의
눈을 나는 절대로 잊지 못해. 그 상처는 엄마를 떠나보냈을
때 못지않은 거야. 제대로 된 인간인지 확인할 때까지 계속할
거야."

가인은 태수와 이야기할 때와 달리 무척이나 진지했다.

가인의 말처럼 송 관장이 아꼈던 제자 중에 실력이 출중했
던 두 명이 송 관장이 경멸했던 체육관으로 옮겼다.

부인의 병으로 체육관에 신경을 쓰지 못하고 있을 때 김욱
이라는 사람이 제자들에게 손을 뻗쳤다.

제자들의 뛰어난 실력에 반한 김욱은 적지 않은 금액과 함
께 두 명에게 체육관을 차려주겠다고 제시했다.

자신들의 앞날을 생각해 보았을 때 송 관장 밑에서 미래를
함께 그리기에는 송 관장의 처지가 여의치 못했다.

상당한 재력가이자 좋지 않은 소문이 들리는 김욱은 합기
도와 태권도 체육관 외에도 많은 사업을 벌이고 있었다.

김욱이 운영하는 체육관 또한 송 관장이 운영했던 체육관
과는 비교도 되지 않을 정도로 크고 시설이 좋았다. 더욱이
국기원의 이사 감투까지 쓰고 있는 김욱은 송 관장에게도 손
을 뻗쳤으나 단호히 거절했다.

체육관의 관원들을 동원하여 이권 사업에 개입시키는 그
의 행동은 무도가로서 해서는 안 되는 일들이 많았다.

＊　　　＊　　　＊

“이런 젠장, 더럽게 무겁네.”

이마를 시작으로 온몸에서 쏟아지는 땀이 장난이 아니었
다.

오기로 인해서 물통에 물을 가득 담은 것이 원인이었다.

낑낑거리면 간신히 산 밑까지 내려온 후 바로 주저앉았다.
팔다리가 후들거려서 더 이상 물통을 들 힘이 남아 있지 않았
다.

그나마 다행인 것은 천사 같은 예인이가 수레를 가지고 기
다리고 있었다.

정말이지 예인이 아니었다면 물통을 집어 던져 버리고 바
로 집으로 향할 수도 있는 상황이었다.

수레에 실린 물통을 가지고 마당에 들어서자마자 정자로
가 그대로 뻗어버렸다. 정말 손가락 하나 까딱하고 싶지 않았
다.

‘체력이 부족하긴 해. 이 정도는 거든히 들고 내려올 수 있
어야 하는데. 머리 하나 믿고 까불다가는 험한 세상에서 골로

가기 십상이지. 내 몸 하나 지킬 수 있는 힘은 필요한 세상인
데……'
　가인이 시킨 일이었지만 이 일로 체력이 부실하다는 것을
확실히 인식하게 되었다.

Chapter 8

전교생이 보는 앞에서 단상에 올라선 것이 언제였을까. 아니, 살아온 날 동안 단 한 번도 없었다.

"상장! 강태수! 위 사람은 학업 성적이 매우 우수하여 타 학생의 모범이……"

수많은 눈이 모두 나에게로만 향하고 있는 것이 싫지 않았다.

'이런 기분이구나.'

나는 모든 게 평범했다.

초등학교부터 대학까지 사람들 눈에 띄지 않는 보통의 학생 그 자체였다.

단상에 올라 받은 상장과 흰 봉투에 들어 있는 장학금도 좋았지만, 친구들이 보내주는 환호와 힘찬 박수가 새삼 새로웠다.

그라고 나 이상으로 감격하는 인물이 있었다.

그 인물은 다름 아닌 이강호였다.

강호 또한 나로 인해 전체적인 성적이 크게 향상되어 상을 받게 되었다. 하지만 강호는 돌아올 수 없는 강을 건너고 말았다.

이젠 좋든 싫든 죽기 살기로 공부를 하지 않으면 기말고사 때는 나락으로 떨어질 것이 분명했다.

더 이상의 커닝은 없다고 강호와 신구에게 확실히 못을 박았다.

그렇게 하는 것이 그들의 인생에서도 좋을 것 같았다.

두 사람이 공부를 한다고 하면 열심히 도와줄 생각이다. 뜻하지 않는 결과를 맞이하게 된 강호의 표정은 상당히 복잡하고 오묘했다.

나야 확정된 결과였지만 강호는 막판까지 다른 과의 학생과 다투었다.

"태수야, 나 이제 어떡하면 좋냐?"

아니나 다를까, 조회가 끝나자마자 강호는 똥 마려운 강아지처럼 나에게 쪼르륵 달려왔다.

"뭘 어떡해. 이제부터 열심히 공부해야지."

"태수야, 너도 알잖아. 공부가 쉬웠으면 내가 이러고 살았
겠냐?"

강호의 항변이 무엇인지 안다. 나도 그랬으니까.

"어쩌겠냐. 일은 벌어졌고 또다시 커닝했다가 걸리면 엄청
난 사태가 일어난다. 아마 정학 정도가 아니라 바로 퇴학이겠
지. 장학금이 커닝으로 이루어진 걸 알면 말이야. 그러니까
공부해라. 죽어라 공부하면 이번 시험에서 받은 점수는 기말
시험에도 가능하겠지."

강호의 의도는 시험 점수로 인해 앞에 불려나가서 쪽팔림
을 면하는 것으로 족했다.

한데 시험 점수가 너무나 좋게 나왔다.

이유는 강호가 대충 찍은 답 대부분이 맞아떨어졌다.

내가 알려준 정답과 강호의 찍기가 완벽한 조화를 이루어
낸 놀라운 결과였다.

"아! 점수가 너무 잘 나와서 이런 고통을 당할 줄은 꿈에도
몰랐다."

강호는 어디 가서 자랑스럽게 떠벌이지도 못했다. 앞으로
자신에게 닥칠 일이 훤했다.

선생님들은 강호의 이름을 인식할 것이고, 수업 중에 많은

질문을 던질 게 뻔했다.

"내가 도와줄 테니 공부해라. 그게 네가 살길이다."

"다른 방법은 없겠냐?"

"이민 가거나 전학 가는 방법이 있지만 그건 불가능한 일이잖니. 그냥 죽었다고 생각해라."

"아! 하늘이시여! 이 돌산에 어찌 뿌리가 내릴 수 있겠습니까?"

강호는 양손으로 머리카락을 부여잡으며 소리쳤다.

"네놈이 돌머리라는 것은 내가 인정한다."

"하하하! 미치겠다."

웃으면 안 되는 상황이었지만 뒤에 있던 신구의 말에 참을 수가 없었다.

＊　　　＊　　　＊

장학금으로 손에 들어온 30만 원으로 어찌할까 고민했다. 앞으로 해야 될 일이 태산이었지만, 그 일들을 해나갈 수 있는 자금이 나에게는 없었다.

머릿속에 들어 있는 아이디어를 가지고 자금을 끌어들이기에는 고등학생이라는 신분이 크게 걸렸다.

아무리 생각해도 지금의 신분으로는 자금을 융통할 수 있는 방법이 쉽지 않았다. 자칫 좋은 아이디어만 빼앗길 수 있었다.

그나마 익숙한 주식을 할까도 생각했다. 하지만 지금은 인터넷도 활성화되지 않은 세상이기에 포기하고 말았다.

지금은 직접 증권사에 나가 전광판으로 확인되는 시세표를 보면서 사고팔아야 했다. 고등학생 신분으로는 그럴 시간도 여건도 되지 않았다.

최소한의 투자 자금이 되는 종잣돈이 있어야 했다.

지금 당장 로또를 판매한다면 목돈을 마련할 수 있었다. 머릿속에 떠오르는 번호가 열 개 정도 있었고, 모두 1등을 했던 번호이다.

하나 그것도 1990년에는 가능한 일이 아니었다.

고민을 해도 괜찮은 생각이 떠오르지 않을 때였다.

"메모리 가격이 장난이 아니네."

내 옆을 지나가는 학생들의 이야기가 순간 귓전을 때렸다. 그와 발맞춰 잊고 있던 기억의 한 토막이 떠올랐다.

"맞아! 왜 이 생각을 못했지?"

말이 끝나자마자 용산전자상가로 달려갔다.

한참 꿈틀거리며 전자제품과 PC 부품을 판매하는 곳으로 태동하고 있는 곳이다.

용산전자상가에 도착하자마자 컴퓨터를 판매하는 가게 안

으로 들어갔다. 이것저것 살펴보다 주인에게 물었다.

"아저씨, 20메가짜리 하드디스크 얼마예요?"

"어떤 걸로 줄까? 퀀텀도 있고 대만산도 있는데……. 퀀텀은 28만 원이고, 저렴한 걸로는 대만산이 낫지."

"28만 원이요? 알았습니다."

들렀던 가게를 나와 다른 가게로 향했다.

"퀀텀 거 20메가 하드 얼마나 해요?"

"31만 원인데, 싼 거야."

나는 다시 가게를 나와 수십 군데를 돌아다녔다.

"33만 원인데 내가 특별히 학생한테는 32만 원에 줄게.

90년 초의 용산전자상가는 초창기였다.

군데군데 입주하지 않고 비어 있는 점포도 많았다.

아직까지 상권이 체계적으로 갖추어지지 않은 상태였다.

오늘날처럼 인터넷 상에 모든 정보가 공유된 상황이 아니었다.

더욱이 상인들 간에도 물건을 떼어오는 루트가 일정하지 않았다. 또한 가게마다 정보 교환도 원활하게 이루어지지 않는 실정이었다.

물론 지금도 가게마다 약간씩의 가격 차이는 있었다.

아직 체계가 잡히지 않던 이때에는 그 정도가 매우 심했다.

"32만 원이요? 우와! 되게 비싸다."

"비싸기는 원래 34만 원 받는 거야. 학생이니까 특별히 싸게 주는 거야. 32만 원 받아봤자 5000원 남는다."

"5000원 띠기면 31만 5000원에 받는 거라고요? 에이, 설마요."

나는 가게 주인의 말에 일부러 너스레를 떨었다.

"나 참, 젊은 친구가 속고만 살았나. 정말이라니까."

"아저씨, 그럼 제가 29만 원 5000원에 드리면 저한테 사시겠어요?"

조심스럽게 주인에게 말을 붙였다.

"뭐야? 여기서 일하는 친구였어? 29만 원 5000원에 주면 내가 얼마든지 현금으로 사줄 수 있지."

인터넷도 없는 시기였다. 더구나 다나와도 없는 상황에서 가게의 주인이 금액을 확인할 수 있는 방법은 없었다.

지금까지 지나쳐 온 가게에서 알려준 금액을 수첩에 모두 적어놓았다.

"바로 가져다 드릴게요."

가장 가격을 적게 불렀던 가게로 달려갔다.

"사장님, 제가 먼저 30만 원을 선금으로 드릴 테니 하드 20개만 진원전자로 지금 배달해 주세요. 배달하는 즉시 나머지 돈을 드릴게요."

장학금으로 받은 30만 원을 바로 내어주며 말했다.

사장이 돈을 받아 들자 직원에게 바로 하드디스크를 배달시켰다. 배달된 하드디스크를 받아 든 가게 사장은 만족해했다.

나는 그 자리에서 돈 한 푼 들이지 않고 30만 원을 벌 수 있었다.

가장 싼 집과 가장 비싼 집을 찾아내어 물건을 연결시켜 주는 중계를 하고는 차액을 챙긴 것이다.

물건을 배달해 주자 가게 사장은 고맙다는 인사까지 했다. 더욱이 좋은 가격의 물건이 있으면 바로 연락해 달라는 부탁까지 받았다.

물론 모두 현금으로 주겠다는 제안이었다.

사업 자금을 마련하기 위한 첫걸음이 그렇게 시작되었다.

Chapter 9

　무지개를 연상시키는 각양각색의 깃발이 힘차게 휘날리며 과 별로 열띤 응원전이 펼쳐지고 있었다.

　"전자과 파이팅!"

　"토목과 파이팅!"

　각 종모 별로 선발된 선수들이 있는 힘을 다해 뛰고 있었다.

　월요일부터 펼쳐진 예선전을 통해서 전자과는 축구와 농구가 준결승에 올라갔다.

　두 종목 모두 우승하면 종합 우승도 바라볼 수 있는 상황이었다.

농구에서는 작년 준우승 팀이었던 전기과를 힘겹게 물리치고 올라왔다.

중학교 때 선수로 뛰었던 친구가 두 명이나 속해 있어서 그런지 꽤나 박진감 넘치는 경기가 펼쳐졌다.

정확하게 일분을 남겨놓고 2점이 뒤진 상태에서 연속해서 성공시킨 나의 3점 슛으로 인해서 경기가 뒤집혔다.

"야야, 집중해서 이야기 들어. 태수에게 슛을 할 수 있는 기회를 많이 만들어줘라. 기계과 애들이 우리보다 키들이 크니까 속공을 노리고."

코치로 나선 담임선생은 우승 후보 중의 하나인 전기과를 꺾자 자신감이 붙었다.

"경수야, 네가 공을 잡으면 무조건 앞으로 던져."

나는 우리 중에 가장 키가 큰 경수에게 주문했다.

내가 아무리 난다 긴다 하는 실력을 갖추고 있어도 농구는 팀 플레이였다. 공격과 수비 모두를 내가 다 커버할 수는 없었다.

"자자, 힘내고 결승까지 가서 우승하자. 전자과 파이팅!"

"파이팅!"

담임의 선창에 선수들은 큰 소리로 화답했다.

삑!

호각 소리에 경기가 시작되었다. 우리보다 평균 키가 큰 기계과가 먼저 볼을 잡았다.

"막아!"

"오른쪽이 뚫리잖아!"

경기를 뛰고 있는 선수나 보고 있는 사람들 모두 고래고래 소리를 질렀다.

삐익!

전반전 경기를 마치는 호각 소리가 들렸다.

점수 차가 10점이나 벌어진 상태에서 끝마쳤다. 생각했던 것보다 점수 차가 많이 났다.

기계과는 조직력과 실력에서 우리를 앞서고 있었다.

주말에도 쉬지 않고 고수부지에서 밤낮으로 연습했다는 소리를 들었다.

내가 실력만 믿고 훈련에 몇 번 빠진 것이 문제였다.

친구들과의 손발이 제대로 들어맞지 않았다.

"문제는 골대 밑을 너무 쉽게 주는 거야. 리바운드를 너무 많이 뺏겨."

센터인 우준이가 말했다.

"이렇게 하자. 상대 팀에서 슛을 쏘면 다섯 명 모두 골대 밑으로 들어가는 거야. 조금 힘들겠지만 이렇게 물러날 수는 없잖아? 패스도 한 박자씩 늦어."

친구들의 농구 실력은 한때 아마추어 농구선수였던 나와
는 차이가 많이 났다.

아침마다 하는 조깅으로 체력이 붙자 어느 정도 예전 실력
이 나왔다.

“네가 너무 빨라.”

강호의 말에 다들 수긍하는 듯 고개를 끄떡였다.

지금 당장 바늘과 실처럼 손발이 척척 맞을 수는 없었다.

“할 수 없다. 극단적이지만 방금 말한 것처럼 무조건 리바
운드는 우리가 잡는다는 생각을 하자. 민수야, 너는 꼭 골대
밑에 있어라. 내가 손가락 한 개를 펴면 내가 슛을 한다는 거
고, 손가락이 두 개면 민수 네게 패스할 테니까 마무리해라.”

작전은 간단했다. 상황에 따라 내가 슛을 하든가 친구들 중
그나마 슛이 정확한 민수에게 맡길 수밖에 없었다.

기계과 아이들은 집중적으로 나를 막았다.

체력에는 자신이 있었지만 기계과에서 선수를 교체해 가
며 나를 막아서자 점점 힘이 부쳤다.

“좋아, 다시 해보자!”

“전자과 파이팅!”

“파이팅!”

다시금 힘을 모아 파이팅을 외치고 코트로 나갔다.

그때 옆 코트에서 함성 소리가 들려왔다.

금속과가 통신과를 물리치고 결승에 올라갔다.

코트로 들어서는 기계과 아이들은 다 이겼다는 표정들이다.

그들은 나만 꽁꽁 묶어두면 된다는 듯 나머지 친구들은 크게 신경 쓰지 않았다.

삑!

이번에는 우리가 먼저 공을 잡았다.

공을 잡자마자 나에게 공이 날아왔다.

두 명의 기계과 친구가 협력 수비를 하듯 나를 감싸려고 했다.

재빠른 드리블로 한 명을 제치며 손가락 두 개를 펼쳤다.

내 모습을 본 민수가 골대 밑에 자리를 잡았다.

나는 중앙을 파고들며 점프했다.

모두들 내가 슛을 한다고 생각했는지 앞을 막아선 선수도 같이 점프를 했다. 하지만 나의 훼이크에 속았다.

공은 이미 민수에게로 향했다. 골문이 텅 비어 있는 골대에 민수는 가볍게 골을 성공시켰다.

"와! 끝내준다!"

"잘한다!"

작전이 성공하자 친구들의 응원 소리가 커졌다.

기계과가 던진 공이 링을 맞고 나오자 다섯 명이 벌 떼처럼 공을 향해 달려들었다.

이런 방법을 쓰자 리바운드 숫자는 비슷하게 되었다. 하지만 친구들의 체력이 달려 빠르게 지쳐갔다.

그 덕분에 10점 차로 벌어졌던 점수가 어느새 3점 차로 따라붙었다.

"타임!"

한 번씩 있는 작전 타임을 기계과에서 불렀다.

"잘하고 있어. 이번만 잘 막으면 돼."

담임은 내 어깨를 주무르면서 격려해 주었다.

크게 드러나는 것 없이 지내오던 내가 공부는 물론 운동에도 두각을 나타내자 선생님을 비롯한 아이들의 시선에는 신뢰가 듬뿍 담겨 있었다.

호각 소리와 함께 시합이 다시 진행되었다.

경기 시간이 몇 분 남지 않은 상황에서 점수 차가 좁혀지지 않았다.

친구들의 모습은 기계과 선수들보다 더 지친 모습이 역력했다.

기계과 아이들도 악착같이 나왔다. 내가 공을 잡으면 무조건 두 명 이상이 달라붙었다.

단순한 작전이어서 그런지 기계과에서는 내 작전을 간파한 것 같았다.

삑!

슛 동작에 파울을 얻었다.

두 개를 연속으로 성공시키자 점수 차는 드디어 1점으로 줄었다. 하지만 시간이 1분도 채 남지 않았다.

기계과는 공을 돌리다 골대 밑을 공략했다.

거의 들어갈 것 같던 공이 링 주위를 몇 번 돌다가 떨어졌다.

운이 우리에게로 기울은 듯 보였다.

공이 떨어지는 순간 서너 명이 달려들었다.

엎치락뒤치락 이리저리 튀던 공은 기계과 친구의 손을 맞고 내 쪽으로 향했다.

공을 잡자마자 상대 측 골대로 몰고 갔다. 세 명의 기계과 아이가 나에게 달려들었다.

"강호야!"

때마침 빈 공간에 있는 수비수가 붙어 있지 않은 강호에게 패스했다.

강호는 골대 밑에서 3m 정도 떨어져 있었다.

강호는 달려드는 수비수에 당황했는지 너무 빠르게 슛을 했다.

공은 강호의 손을 떠나 링에 맞았고, 몇 번을 튕겼다.

나는 본능적으로 골대 밑으로 달렸고, 떨어져 내리는 공을

향해 몸을 날렸다. 그리고 손끝에 걸리기만을 간절히 희망했
다.

공이 손가락에 닿았는지는 알 수 없었다.

착지를 하자마자 기계과 아이와 함께 코트에 뒹굴었다.

마지막까지 최선을 다한 것은 나만이 아니었다.

"와! 와! 태수 만세!"

"이겼다!"

멍한 표정으로 코트에 떨어져 있는 공을 보는 순간 들려온
함성이다.

함성 소리를 통해 내가 공을 넣었다는 것을 알 수 있었다.

고개를 숙이고 있는 기계과 아이에게 손을 내밀어 일으켜
주었다.

돌아서서 응원석을 보자 함성 소리와 박수 소리가 보다 확
실하게 들렸다.

"정말 잘했다!"

"이 새끼, 못하는 게 없어."

강호와 우준이가 기쁜 마음으로 달려와 얼싸안았다.

전자과는 4년 만에 그동안 그토록 바라던 결승전에 올라설
수 있었다.

과 선생님들의 격려는 두말할 것도 없고 과 친구들의 환호
성에 운동장이 떠나갈 듯했다.

“야, 드라마가 정말 따로 없다. 열라 잼있어.”

누군가에게 기쁨과 환희를 준다는 게 이런 기분이구나 하
는 생각이 새삼 들었다.

“자, 여기 물. 멋있더라!”

시원한 얼음물을 건네준 사람은 실습을 나온 교생이었다.
그저께 영어 시간에 처음 봤다.

눈이 크고 이목구비가 뚜렷한 미인이다. 이름은 이민선이
었다.

그 모습을 본 여자애 몇몇이 수군거리는 모습이 보였다. 요
새 달라진 나의 모습 때문인지 여자애들의 관심이 부쩍 나에
게로 쏠리고 있었다.

“고맙습니다.”

시원한 얼음물이 목구멍을 지나자 뱃속까지 시린 느낌이
들었다. 그제야 살 것 같았다.

초여름이었지만 코트에서 올라오는 열기는 무척이나 뜨거
웠다.

그늘에 앉아 후반전이 시작된 축구 경기를 보고 있을 때 강
호가 내 옆으로 재빨리 다가왔다.

“저 교생이 너한테 관심 있는 것 같다.”

“미친놈. 말도 안 되는 소리 집어치우고 결승전이나 신경
써.”

얼굴을 훔치던 수건을 강호에게 던지며 말했다.

"자식, 저기 봐. 계속 너를 보고 있잖아."

강호의 말처럼 교생은 자주 고개를 돌려 내가 있는 쪽을 바라봤다.

"야, 여기 앉아 있는 사람이 나뿐이야. 너도 있고 한두 명이 아닌데."

강호의 말을 애써 부인하려 했다.

"내가 얼빵으로 보이냐. 이쪽 분야는 너보다 고수야. 내 말이 틀린지 아닌지 내기할래."

강호의 말에 할 말이 없었다. 강호가 느낀 것을 나도 느꼈기 때문이다.

때마침 축구 경기에서 골이 터졌다.

"한수! 잘한다!"

나는 벌떡 일어나 큰 소리로 외쳤다.

덕분에 내기에 대한 답을 하지 않아도 되었다.

축구도 예상을 깨고 결승에 올라갔다.

대부분 3학년이 주축이 되었지만 축구 실력이 뛰어난 후배들이 2학년에 있었던 것이 큰 힘이 되었다.

*　　　*　　　*

호각 소리에 신경이 집중됐다.

결승전에 올라온 금속과는 불행하게도 키가 가장 큰 친구가 발목을 비끗해서 나오지 못했다.

더불어 기본기가 있어 보이던 김재열 또한 손가락이 골절되어 경기에 참여하지 못했다.

두 사람이 빠지자 충분히 해볼 만한 상대가 되었다.

3년 동안 한 번의 준우승과 두 번의 우승을 금속과가 했다.

종합 우승을 연속으로 두 번씩이나 차지하고 있었다.

이번 경기에서 금속과가 우승하면 또다시 종합 우승을 할 수 있는 여건이다.

체육대회 때 빠지지 않는 릴레이 경기에 항상 우승하는 금속과는 전국체전에 나가 단거리를 우승한 선수가 두 명이나 있었다.

열띤 응원전이 펼쳐졌다.

모두의 예상을 깨고 전자과가 결승전에 올라오자 흥미가 더해졌다.

더구나 힘겹게 올라온 경기마다 극적인 모습을 연출해서인지 코트 주변에는 구경하는 학생과 선생님들로 가득했다.

삑!

기다리던 호각 소리에 공중으로 두 개의 손이 뻗어 올라갔다.

선공은 금속과의 차지였다.

결승전에 올라올 만한 실력이었다. 주고받는 패스가 유기적으로 잘 맞물려 돌아갔다.

체력적인 면에서도 탈진할 정도로 힘을 빼고 올라온 우리와 차이가 있었다. 그나마 다행인 것은 높이에서 비슷하다는 것이었다.

점수는 크게 차이가 나지 않았다.

시소게임처럼 주고받으며 엎치락뒤치락했다.

우리도 몇 경기를 치르고 나자 손발이 맞았다. 문제는 후반전의 체력이었다.

"헉헉! 장난 아니네."

전반전이 끝나자마자 친구들 모두 바닥에 드러누웠다.

역시 하루에 세 경기를 뛰기에는 체력적인 부담이 무척이나 심했다.

더구나 교체선수가 부족한 우리로서는 그 정도가 심했다.

10분간의 휴식 시간 동안 이민선 교생은 내 옆에서 열심히 부채질을 해주었다.

그 모습에 강호는 말없이 입만 벙긋거리며 자신의 말이 맞았다는 표시를 나에게 했다.

"선생님, 저도 해주세요."

옆에 주저앉아 있던 우준이가 부러운지 교생을 향해 말했다.

“태수가 에이스잖아. 태수가 힘을 내야 전자과가 우승하지.”

교생은 말과 함께 돌아보는 나에게 윙크를 보냈다.

‘나 참, 생전에 없던 여자 복이 다 터지고.’

강호의 말에 앞서간 생각일 수도 있지만 예쁜 여자에게 관심을 받는 건 나쁘지 않았다.

후반전에 들어서도 경기는 시소게임이었다.

하지만 우려했던 것처럼 체력적인 한계가 우리 팀에 먼저 나타났다.

리바운드와 패스가 한 박자씩 늦었다.

“조금만 빨리!”

큰 소리로 외치는 담임의 목소리가 들렸지만 말처럼 발이 움직이지 않았다.

금속과에서 충분히 휴식을 취한 두 명을 바꿔주자 경기는 급속하게 기울었다.

더구나 우리 팀에 발목을 삐끗한 용재가 나갔기 때문에 더욱 힘에 부쳤다.

타임!

지친 모습이 확연히 보이자 담임이 작전 타임을 요청했다.

“헉헉!”

“헉! 헉! 미치겠다.”

다들 코트 밖으로 나오자마자 쓰러져 누웠다.

얼음물을 뒤집어써도 그때뿐이었다.

"자, 거의 다 왔다. 지금 점수가 4점 차고 시간은 5분이나 남았다. 충분히 역전할 수 있어."

'헉! 5분이나 남았어.'

담임의 말에 기쁜 것이 아니었다. 5분 동안 버틸 수 있을지가 문제였다.

"야, 골대 밑만 주지 말고 중거리 슛은 줘버려. 쟤네도 힘이 빠져서 슛 정확도가 많이 떨어져 있다."

나는 코트로 나가며 친구들에게 말했다.

하나하나 맨투맨으로 따라다니다 보니 막을 힘이 남아 있지 않았다.

경기가 다시 시작되자 예상한 대로 슛의 정확도가 떨어졌다.

금속과 애들이 던진 슛이 조금씩 벗어났다.

물론 사정은 우리 팀도 똑같았다. 그나마 던진 세 개의 슛 중 내가 던진 하나만이 들어갔다.

"힘들 내라! 30초밖에 시간이 없다!"

담임의 목소리가 들렸다.

시간을 재고 있는 선생님이 시계를 보며 외치고 있었다.

하지만 공은 우리가 소유하지 못했다. 금속과 애들은 공을 돌리며 시간을 보냈다.

농구 규칙을 모두 적용하지 않았기 때문에 특별하게 제한된 공격 시간이 없었다.

삑!

"자유투 두 개!"

10초를 남겨두고 금속과에게 자유투를 주고 말았다. 환성과 야유가 번갈아 들려왔다.

신중한 표정으로 공을 던졌지만 공은 링 안으로 들어가지 않았다.

"달려!"

나는 공을 잡자마자 소리쳤다.

공을 잡은 나에게 금속과 아이들이 모두 달려들었다.

몇 초만 지나면 승리는 금속과의 손에 들어가는 것이다.

세 명이나 달려들어 슛을 못하게 막았다. 지금 던져 슛이 들어가도 연장전이다.

연장전에 들어가면 승리는 당연히 금속과였다.

더 이상 뛸 힘이 나에게도 없었다.

이런저런 생각을 하고 있을 때 또다시 눈에 들어온 것은 강호였다.

우리 팀에서 유일하게 3점 라인 선상에 있었다.

"강호야! 던져!"

내가 슛을 하리라 생각했던 강호는 깜짝 놀란 표정이었다. 자신에게 날아오는 공을 잡자마자 강호는 눈을 감은 채 슛을 던졌다.

금속과 친구가 강호를 막기 위해 손을 뻗었다. 공을 내려치려는 동작에 눈을 감고 만 것이다.

공은 포물선을 그리며 링을 향해 날아갔다. 모든 사람의 시선이 공을 따랐다.

철렁!

쇠 그물 소리가 상쾌하게 들려왔다.

"와! 전자과 만세!"

공은 너무도 깨끗하게 링 안으로 빨려들어 갔다.

삐!

그와 동시에 경기가 끝났다.

코트로 달려온 친구들이 강호와 나를 감싸며 함성을 질렀다.

농구에서 우승한 기세는 축구까지는 이어지지 못했다.

하지만 기적적으로 릴레이에서 전자과가 3위를 하는 바람에 종합우승을 할 수 있었다.

그리고 나는 전자과의 스타로 완전히 자리 잡았다.

Chapter 10

　체육대회가 끝나고 나서는 시간이 될 때마다 용산전자상
가로 달려갔다. 또다시 업체들을 순례했다.

　"아저씨, 메인보드 얼마예요?"

　한 시간도 지나지 않아서 나에게 떨어진 돈은 25만이 넘었
다.

　나는 외상 거래가 아닌 가진 돈을 모두 투자해 그 자리에서
현금으로 주었다.

　일반적으로 외상 거래가 많이 차지하는 거래에서 현금을
바로 주자 나와 거래하는 업체가 점점 늘어났다. 한편으로 가

게마다 요구하는 품목 또한 늘어갔다.

일주일이 되지 않아서 200만 원이라는 거금이 수중에 떨어졌다.

한 달이 되어가자 혼자서는 모든 가게를 커버할 수 없는 상황이 발생했다.

놀랍게도 한 달 만에 천만 원에 가까운 큰돈이 모아졌다.

나는 아르바이트생으로 강호와 신구 두 친구를 고용했다. 두 친구는 내 말이라면 깜박 죽을 수밖에 없는 상황이라 내 제의를 기꺼이 받아들였다.

보름 만에 20만 원이라는 아르바이트 비를 봉투에 넣어주었다. 그러자 강호와 신구의 눈빛이 확연히 달라졌다.

좀 더 기민하게 움직이고 대응하기 위해서는 전화와 가게가 필요했다.

두 친구에게 지금 처한 상황과 앞으로의 비전을 말했다.

또한 용산에 가게를 얻으려면 내가 가진 돈에서 500만 원 정도의 금액이 더 필요하다고 솔직하게 말했다.

지금까지 진행해 온 일들을 더욱 확장시켜 성공할 수 있는 토대가 충분하다고 설명해 주었다.

평소와 달리 장난기 하나 없이 진지하게 이야기하자 두 친구는 나의 다른 모습을 보는 것 같다고 말했다.

하긴 고등학생인 친구들은 이미 산전수전 다 겪어본 나의 말에 충분히 빠져들 만했다.

더구나 본인들이 실제적으로 일을 접해보고 그 성과로 인해 받은 급여로 확인했기 때문에 더욱 확신이 들었을 것이다.

하나 학생 신분으로 500만 원을 구하기에는 큰 금액이었다.

두 사람은 다른 친구들에게는 절대로 말하지 말라고 신신당부했다. 그들 눈에도 성공이 보였기 때문이다.

강호와 신구는 어떡하든 돈을 구해 내가 구상하는 일에 참여하려 했다.

"나 실패하면 바로 이거다."

강호와 신구는 돈을 구하기 위해 머리를 감싸며 방법을 모색했다.

나는 그사이에 송 관장의 집과 용산을 오고 가며 구체적인 계획을 세워나갔다.

*　　　*　　　*

따르릉! 따르릉!

"태수야, 전화 받아라!"

엄마의 목소리에 마루로 나와 전화기를 집어 들었다.

"여보세요."

"나야. 수정이."

강호가 소개시켜 준 수정이의 전화였다. 그러고 보니 전화
번호를 받고 나서 보름 동안 내가 연락을 취한 적이 한 번도
없었다.

수정이 집이 워낙 보수적이라 내가 전화를 할 수 있는 상황
이 아니었다.

나는 이대에 있는 조용하고 아담한 카페에 약속 시간보다
조금 늦게 도착했다. 설명대로 찾았지만 위치가 애매했다.

핸드폰이 없는 것이 이렇게 불편하구나 하는 생각이 들었
다.

조명이 어둡고 기다란 테이블 하나와 작은 탁자 세 개가 놓
여 있는 카페였다.

입구에서 가장 떨어진 탁자에 앉아 있는 수정이 보였다.

수정이를 보름 동안 보지 못했다. 그래서 그런지 짧았던 머
리가 조금 길어 보였다.

"왔어? 얼굴이 좋아졌네?"

내가 자리에 앉자 수정이 웃음으로 반겨주었다.

눈처럼 새하얀 치아가 눈에 들어왔다.

"미안. 한동안 바빴다. 어떻게, 시험은 잘 봤어?"

수정은 시험 기간이었고, 나 또한 용산에 자리를 마련하기
위해 동분서주했다.

얼굴을 보자고 했지만 서로 시간이 맞지 않았다.

대학생과 고등학생의 생활 패턴은 조금 달랐다.

"미안하긴 한 거야? 표정이 영 미안한 기색이 아닌데? 열심히 공부하는 학생처럼 보이지 않았는데, 뭐가 그리 바쁘셨어?"

바쁘다는 말은 친구들과 만나면 통상적으로 썼던 말이다. 무의적으로 나온 말을 수정이 꼬투리를 잡았다.

"보기와는 다르다. 그동안 여러 가지 생각했던 걸 실천에 옮기고 준비하느라 좀 바쁘게 지냈어."

"뭔지 궁금한데? 뭐, 하여간 좋아. 하지만 나를 기다리게 한 죄는 받아내야겠어."

수정이 실제로 학교에서 인기가 많다는 것을 강호 친구인 동호를 통해 전해 들었다.

내가 볼 때도 수정은 눈에 띄는 얼굴이었다. 특히나 하얀 피부는 수정을 더욱 돋보이게 했다.

"알았다. 내가 오늘 한턱 쏜다."

요즘 들어선 돈에 쪼들리지 않았다. 집에서 내는 세금도 내가 내고 있었다.

"그동안 아르바이트라도 했어? 자신 있게 한턱이라고 말하네?"

"아르바이트 좀 했지. 힘들게 번 돈을 너한테 먼저 쓰는 거니까 감사해야 돼."

용돈을 넉넉하게 받을 형편도 아니었지만 엄마는 중간고사 때 받아온 성적표를 보시고는 오만 원을 주셨다.

받지 않겠다고 말했지만 필요한 데 요긴하게 쓰라고 하시는 말씀에 넣어두었다.

엄마가 준 용돈과 장학금으로 받은 돈을 합쳐서 부품을 구입하는 데 썼다.

물론 엄마가 주신 돈에 더해 열 배로 다시 갚아드렸다.

뜻밖의 돈에 놀라는 엄마에게 장학금으로 받은 돈이라고 설명했다. 엄마는 감격해 눈물을 보이셨다.

살면서 엄마가 그렇게 기뻐하시는 모습을 처음 보았다.

이전의 삶에서는 항상 눈물과 아픔만 드렸다.

"내 입이 상당히 고급인데."

"제가 알아서 잘 모시겠습니다."

나의 말에 수정은 환하게 웃었다.

카페를 나와 수정을 따라 이대 뒷골목을 누볐다.

그곳에는 액세서리와 작은 옷가게들이 즐비하게 펼쳐져 있었다.

이곳저곳을 들르며 구경하는 수정의 뒤를 수행비서처럼 따라다녔다.

잘 모시겠다는 말이 이렇게 확대될지 몰랐다.

남자들이 여자를 따라 백화점을 왜 가기 싫어하는지 그 이유는 똑같을 것이다.

"어때, 이거?"

"야, 예쁘다. 그거 사라."

"아니야. 이건 좀 너무 튀어 보인다."

수정은 링 귀고리를 다시 내려놓았다.

순간 수정이 내 인내심을 테스트하는 것이 아닐까 하는 생각이 들었다.

수정이가 두 개의 제품을 고르는 데 대략 걸린 시간이 2시간이나 되었다.

"고마워. 잘 하고 다닐게."

"결국 그걸 살 거면서 그렇게 골랐냐?"

계산을 치르는 동시에 나도 모르게 퉁명스럽게 말이 튀어나왔다.

"어허! 잘 모시겠다는 사람이 벌써 그런 말투야?"

내 말에 수정의 목소리 또한 조금 앙칼지게 바뀌었다.

"어이쿠, 죄송합니다. 소인이 죽을죄를 지었나이다, 마마."

수정의 말에 간드러진 내시 목소리를 내며 고개를 재빨리 숙였다. 그 순간 내가 이런 모습이 있었나 하는 생각이 들었다.

"오냐. 내 한 번은 이 귀고리를 보아서 용서하겠노라. 깔깔깔!"

수정은 그런 내 모습에 마음껏 웃음을 토해냈다.

"김수정! 여기서 뭐하니?"

그때였다.

웃음소리 뒤편으로 수정의 이름이 불려졌다.

"어, 언니!"

수정은 뒤를 돌아보며 놀란 눈치였다.

그녀의 뒤편에는 수정과 비슷하게 생긴 미모의 여대생이
친구와 함께 서 있었다.

＊　　＊　　＊

수정의 언니와 함께 늦은 점심을 먹으러 일식집에 들어왔
다.

조용한 방이 있는 곳으로 이야기하기에 안성맞춤이었다.

"수정이 남자 친구예요?"

수정의 친언니의 말에 선뜻 대답하지 못했다.

"그게… 맞습니다."

대답을 하고 나자 우스운 생각이 들었다.

자신감이라곤 없는 말투였다.

"어느 대학 다니세요?"

치명적인 말이 나왔다.

처음 미팅 때 수정에게서 언니 오빠에 대해 들었다.

모두들 명문대를 다니거나 졸업했다고 했다.

수정이 유일하게 자신이 하고 싶은 전공을 선택한 것도 막내라는 특권이 크게 작용했다고.

'뭐라고 말해야 하나. 사실대로 말하면……. 아니야. 그건 좀…….'

마음이 답답하고 머리가 혼란스러웠다.

수정은 언니의 옆에서 나를 바라보고 있었다. 수정은 강호의 친구가 다니는 학교로 알고 있다.

쉽게 말할 수 있는 것을 말하지 못하자 수정의 언니는 의심스러운 눈초리를 보내고 있었다.

"대학생이 아닙니다."

솔직하게 대답했다.

계속 불편한 관계로 수정을 대할 수는 없었다.

또 지금의 상황이 발목을 잡는다면 수정은 나와 인연이 아닌 것이다.

"고등학생입니다. 현재 3학년이고 내년에 대학에 들어가려고 준비……."

"됐고, 너 빨리 일어나."

내 말이 채 끝나지도 않았는데 수정의 언니는 바로 자리에서 일어섰다.

"창피하지도 않아! 남자 친구가 고등학생이라니! 아버지가 아시면 넌 학교도 그만둬야 해! 빨리 일어나지 않고 뭐해!"

수정은 언니의 큰 소리에 아랑곳하지 않고 앉아 있었다.

"언니, 먼저 나가 있어. 할 말이 있어서 그래."

김수정은 언니에 비해 상대적으로 무척이나 차분했다.

"애가 정말. 5분 안에 나오지 않으면 아버지한테 다 이야기 할 거니까 알아서 해."

수정의 언니는 수정과 나를 번갈아 쳐다보더니 싸늘한 표정으로 밖으로 나갔다.

"곤란하게 됐네. 미안해. 언니가 경우가 없지?"

수정은 나에게 왜 자신을 속였는지 따지지 않았다.

오히려 난처한 표정을 짓고 있는 나를 위로했다.

"미안하다. 빨리 말했어야 하는 건데."

"아니야. 나한테 그런 것은 중요하지 않아. 나 너를 만날 때마다 웃는 거 알아? 집에서나 학교에서나 잘 웃지 않는데 말이야. 너만 만나면 그냥 웃음이 나와. 아니, 널 생각할 때마다 웃음이 나왔어. 왜 그럴까 하고 많이 생각했지. 그래서 너를 다시 만나서 만약 내가 또 웃는다면 난 너의 진짜 여자 친구가 되어야겠다고 결심했어. 한데 보름 만인데도 오늘 정말 행복하게 웃었어. 지금의 모습이 어떻든 간에 내 마음은 변함

없이 널 나의 남자 친구로 여기고 있어. 그러니까 시간이 조금 걸려도 기다려 줘. 내가 널 만나러 올 때까지. 알았지?"

차분하게 말하는 수정의 두 눈이 붉게 충혈되어 갔다.

수정의 말이 나의 마음을 울렸다. 그리고 머릿속을 때리는 소리가 들려왔다.

'바로 이 여자다! 운명의 여자란 바로 이런 여자를 가리키는 거다.'

"수정아, 내가 하나만 약속하마. 앞으로 네 앞에 서는 강태수는 세상에서 가장 당당하고 멋진 남자일 거다."

수정의 말에 감동해 나도 모르게 나온 말이다.

수정은 내 말을 알아들었다는 듯이 고개를 끄떡인 후 조용히 방을 나갔다.

수정이 밖으로 나가자 미묘한 감정이 들었다.

이런 상황에서 이렇게까지 나를 생각해 준 여자가 지금껏 있었나 생각해 보았다. 당연히 없었다.

하지만 한편으로는 수정의 언니에게 당한 무시는 처음이다. 자존심이 무척이나 상했다.

내가 무시를 당할 정도로 못난 사람인가 하는 생각도 들었다.

"후우! 세상이 바라보는 편견은 과거나 현재나 동일하구나."

오늘 같은 날에는 소주 한잔이 간절했다.

음식을 넘길 상황이 아니었다. 미안하다는 말과 함께 일식당을 나왔다.

따가운 햇살이 얼굴에 비추었다.

순간 수정이가 식구들에게 안 좋은 소리를 들으면 어쩌나 하는 생각이 불쑥 들었다.

"범죄자를 만난 것도 아닌데……. 참으로 사회 인식이라는 것이 정말 무섭구나."

세상이 바라보는 눈은 언제나 같은 부류끼리 어울리기를 원하는 것 같았다.

무거운 발걸음을 천천히 옮기고 있는 순간 대퇴부에 충격이 가해졌다.

"여기서 뭐해, 강태수?"

"누구야?"

기분이 더러워진 상황에서 잘 건드렸다 하고 뒤를 돌아보았다.

"나다."

얼굴을 바짝 들이밀며 말을 하는 사람은 다름 아닌 가인이었다.

"뭐냐, 놀라게?"

"뭐가 그리 심각해? 내가 길 건너편에서 손까지 열심히 흔들면서 불렀는데 보지 못했어?"

가인은 두 손을 크게 흔드는 동작을 펼쳤다.

지나가는 사람들이 가인의 모습을 힐끔힐끔 쳐다보았다.

일반적으로 잘빠진 몸매에 예쁜 여학생의 모습에 눈이 가는 것은 당연했다.

더구나 짧은 팬츠와 흰 티셔츠가 무척이나 잘 어울리는 지금 가인의 외모는 눈에 확연히 띄었다.

"못 봤다. 근데 여긴 웬일이야?"

"친구가 좀 보자고 해서. 지네 삼촌이 나를 꼭 보고 싶다나?"

"아니, 친구 삼촌이 왜 너를?"

궁금했다.

친구 삼촌이 무슨 일로 가인을 보자고 했는지.

"몰라. 내 사진을 보더니 꼭 한 번 나를 실제로 보고 싶다고 친구를 계속 졸랐나 봐."

가인은 대수롭지 않게 말했다.

"나이 차가 있으니까 미팅은 아닌 것 같고, 식모로 국밥집에 취직시켜 주려고 하나?"

내 입에서 나오는 말과는 달리 가인의 미모와 키라면 모델이 적격이었다.

아마도 방송국이나 엔터테인먼트에 있는 사람이 아닐까

하는 생각이 들었다.

"뭐야! 요새 좀 풀어줬더니 안 되겠네."

가인의 왼쪽 눈꼬리가 올라갔다.

기분이 안 좋아지거나 화가 나려고 할 때마다 보이는 특징이다.

"농담이다, 농담."

"농담도 가려 가면서 해라. 넌 여기 왜 왔는데?"

"후우! 말로 하기에는 사연이 길다."

가인의 말에 절로 한숨이 나왔다.

"궁금한데. 그건 그렇고, 너 지금 할 일 없지?"

"딱히 그렇긴 한데, 왜?"

"그럼 같이 가자. 친구가 있긴 해도 처음 보는 사람이라서 좀 그래."

"내가 거길 왜 가냐?"

지금 기분에는 만사가 다 귀찮았다.

"야, 강태수, 내가 언제 부탁한 적 있어?"

가인의 양쪽 눈꼬리가 모두 올라갔다.

내 행동이 마음에 안 든다는 표시다.

"그럼 앞으로 오빠라고 불러. 그럼 같이 가줄게."

나는 그 모습에 아랑곳하지 않고 말했다.

이참에 확실히 해두지 않으면 가인과의 상황이 변함없을

것 같았다.

"됐다. 치사하게 그런 걸로……."

"뭐가 치사해? 내가 너보다 나이도 많고 예인이도 오빠라고 하는데."

"예인이는 예인이고 나는 나거든. 알았으니까 가던 길이나 가세요."

가인은 나를 밀치며 앞으로 빠르게 걸어갔다.

"에이, 바랄 걸 바라야지. 괜히 기대를 해봤네. 야, 송가인!"

앞으로 가인을 제대로 보기 위해서는 앞서가는 가인을 부를 수밖에 없었다.

Chapter 11

조용한 커피숍에서 5분쯤 기다렸다.

그때 문이 열리며 30대로 보이는 사람이 우리가 앉아 있는 곳으로 다가왔다.

"네가 송가인이구나. 인정이가 갑자기 배탈이 나서 함께 오지 못했다."

깔끔한 양복을 차려입은 사내는 옆에 앉은 나를 힐끔 쳐다보았다.

"안녕하세요. 인정이는 괜찮나요? 평소에도 장이 안 좋아서."

"약 먹고 푹 쉬고 있으니까 괜찮을 거야. 근데 옆에 있는 친구는 누구지?"

사내는 나에 대해 궁금한지 물었다.

"예, 제 사촌오빠예요."

가인의 입에서 생각지도 못한 말이 나왔다.

가인이의 입에서 오빠라는 말이 저리 쉽게 나올 줄은 꿈에도 몰랐다.

"안녕하세요. 강태수라고 합니다."

"그렇구나. 내 소개가 늦었네. 자, 여기 명함이구."

두 장의 명함을 가인과 나에게 나눠 주었다.

예상한 대로 잘 알려진 엔터테인먼트 회사의 명함이었다.

"한 번은 들어봤을 수도 있을 거야. 알기 쉽게 배우하고 가수들을 관리하는 회사야. 영화나 앨범도 제작하지. 우연히 가인이의 사진을 봤는데 꽤나 예쁘고 키도 큰 것 같아서 한번 보자고 인정이에게 부탁했다. 사진보다 실물이 훨씬 예쁘네."

사내의 이름은 박수용이었다. 명함에 쓰여 있는 직급은 대리였다.

"고맙습니다. 그런데 왜 저를?"

"다른 게 아니라 이번에 새로 청소년 드라마를 찍는데 가인이를 출연시키고 싶어서. 한마디로 캐스팅을 하려는 거지."

박수용 대리는 가인의 모습에 크게 만족한 표정이었다.

"글쎄, 저는 뜻밖이라서……. 아직 학생이고………."

가인이는 반가워하는 표정이 아니었다.

"그건 걱정하지 않아도 돼. 크게 문제되지 않는 범위 내에서 관리를 해줄 테니까. 가인이 나이에 활동하는 친구들도 많아. 이번이 아주 좋은 기회란다. 조건도 좋고."

박수용은 적극적으로 가인에게 권했다.

"오빠는 어떻게 생각해?"

가인은 나를 바라보며 물었다.

"어, 그러니까, 어, 일단은 아버지하고, 아니, 작은아버지하고 의논을 하는 게 가장 중요한 것 같은데……. 또 네 말처럼 아직 학생인데 이런 일에 시간을 빼앗기면 지금 하고 있는 일도 있는데……."

갑작스러운 질문에 순간 당황해 바로 답을 하지 못했다. 더구나 자연스럽게 가인의 입에서 연달아 오빠라는 말이 나왔기 때문이다.

더구나 가인은 나를 가르쳐야 한다.

"물론 부모님하고 상의를 해야지. 하지만 오늘 가인이를 보니까 여주인공으로 적격이야."

박수용은 가인이 크게 호응을 보이지 않자 더욱 적극적으로 나왔다.

"예, 한번 생각해 볼게요."

"그러면 아버님 모시고 회사로 방문해서 대표님을 한번 만나보는 것도 괜찮을 것 같은데. 그게 힘들면 내가 집으로 가서 아버님을 한번 뵙든지."

가인의 반응이 신통치 않자 박수용은 조금 당황스런 눈치였다.

"일단은 아빠하고 여기 있는 태수 오빠와 상의해 볼게요. 오빠 말처럼 제가 지금 하고 있는 일도 있으니까요."

가인이의 성격처럼 똑 부러지게 말했다. 가인이가 하는 일이야 나를 가르치는 일이다.

"그래, 그러면 다음 주까지 명함에 있는 전화번호로 꼭 연락해 줬으면 좋겠다. 자네가 좋은 쪽으로 이야기해 줬으면 좋겠네. 이런 기회는 아무에게나 오는 게 아니야. 특별한 일이지."

박수용은 나를 보며 말했다.

"아, 예."

"그럼 저희 먼저 일어날게요. 다른 약속이 있어서요."

가인이 일어나며 인사를 공손히 했다.

나 또한 덩달아 인사를 건네며 가인의 뒤를 따랐다.

뒤편에서 혼잣말을 하는 박수용의 목소리가 들렸다.

'제대로네' 였다. 한마디로 가인의 얼굴뿐만 아니라 키와 몸매가 모두 괜찮다는 말이다.

계단을 내려오면서 박수용이 예인이까지 봤다면 뭐라고 말할까 하는 생각이 들었다.

"해볼 마음은 있냐?"

나는 넌지시 물었다.

"몰라. 사실 그런 쪽에는 관심 없어."

"그런데 이제부터는 오빠라고 부르는 거냐?"

가인에게 오빠라는 소리를 들으니 듣기 좋았다.

"죽을래? 상황이 어쩔 수 없어 한 거다."

가인은 주먹을 쥐어 보이며 말했다.

"그냥 이참에 오빠라고 불러. 얼마나 편하고 좋니, 오빠라는 말이."

"장난하지 말고, 배고프니까 밥이나 사."

"아니, 내가 왜?"

"오빠라고 두 번이나 불러줬으니까. 그 값은 치러야지."

역시나 왼쪽 눈이 치켜 올라갔다.

"퉤! 오늘 기분도 그런데 사고 한번 쳐?"

여기서 물러설 수 없다는 생각에 침을 뱉으며 말했다.

"아쭈! 그렇게 나오시겠다."

"왜? 그러면 안 되는 이유라도 있어?"

나는 가인의 위아래를 쳐다보며 다리까지 떨었다.

그런 내 모습에 가인은 피식 웃으며 가소롭다는 표정이다. 그리고는 갑자기 가인이 비명을 지르며 두 손으로 몸을 감쌌다.

"악! 왜 그러세요? 저한테!"

그러자 지나가는 사람들이 걸음을 멈추고는 가인과 나를 쳐다보았다.

큰길이라 지나가는 행인이 많았다.

"왜, 왜 그래, 갑자기?"

가인의 갑작스런 행동에 너무나 당황스러워 말까지 더듬었다.

"싫다고 그러는데 왜 그러세요?"

가인의 입에서 나온 말이 가관이다.

"학생! 왜 그래?"

대학생으로 보이는 한 무리가 가인에게 다가오며 물었다. 가인의 행동과 눈에 띄는 외모에 끌린 대학생들이었다.

"싫다는데 이 사람이 자꾸만……."

말을 하는 가인은 나를 쳐다보기도 싫다는 몸짓과 표정이다.

"아니, 그게 아니라……."

나는 말을 채 끝내기도 전에 세 명의 대학생에게 둘러싸였다

"이봐요, 싫다는 왜 그래?"

"대학생이야?"

그중 체격이 우람한 친구의 말투가 사뭇 위협적이었다.

"고등학생입니다. 저 친구하고는 잘 아는 사이예요."

"이 친구 말이 맞습니까?"

나의 말을 확인고자 가인에게 물었다. 가인은 나를 보며 어떻게 말해줄까 하는 표정이다.

가인의 말 한마디에 치한으로 몰려 봉변을 당할 수도 있었다.

억울한 상황이었지만 고개를 숙이고 들어가야 할 상황이다.

나는 최대한 가인에게 애처로운 눈빛을 보냈다.

'제발! 내가 잘못했다.'

"죄송합니다. 제가 사람을 잘못 봤나 봐요. 이분이 아닌 것 같아요. 순간 너무 무서워서……."

그들이 예상했던 말과 다른 말이 나오자 세 사람의 표정이 머쓱해졌다.

"그래요. 예쁘시니까 치근거리는 사람이 많겠습니다."

가인의 얼굴은 묘한 이중성을 갖고 있었다.

어린 학생처럼 보이기도 했지만 달리 보면 나이에 맞지 않는 성숙함과 섹시함을 갖추고 있었다.

가인의 말에 오해가 풀리는 순간 세 사람의 관심은 나를 떠나 가인에게로 향했다.

내가 무안해질 정도로 적극적이었다.

상황이 이상하게 흘러가려 하자 가인은 재빨리 감사의 인사를 건넨 후에 자리를 떠났다.

뒤를 돌아보자 그들은 무척이나 아쉽다는 표정들이다.

"너무 고맙지? 앞으로 까불지 말고 잘해라."

가인의 어이없는 말에 고개를 설레설레 흔들 뿐이다.

하지만 수정의 언니로 인해서 우울했던 기분이 가인 때문에 사라져 버렸다.

*　　　*　　　*

점심을 건너뛴 덕분이어서인지 초밥은 꿀맛 같았다.

"꽤나 비쌀 것 같은데 괜찮겠어?"

가인은 가장 비싼 초밥만을 골라 먹으며 말했다.

'걱정이 되면 알아서 가격이 적당한 접시를 골라야지.'

"괜찮으니까 많이 드세요. 저를 위급한 상황에서 도와주셨는데 이 정도는 대접해야지 않겠습니까?"

"그래, 맞아. 나 아니었으면 지금쯤 그 오빠들에게 아마 떡이 되도록 맞았을 거야. 어디 보자, 저게 맛있던데."

가인은 이미 열 접시째 비우고 있었다.

그래도 양이 차지 않는지 계속해서 초밥을 입에 욱여넣었다.

"야! 대단하다, 대단해."

생각보다 정말 잘 먹었다.

"뭐가 대단해?"

우물거리는 입으로 가인이 말했다.

"아닙니다. 혼잣말로 한 말이니 신경 쓰지 마시고 맛있게 드세요."

나도 초밥을 좋아했다.

한때 주식 자금을 마련하기 위해서 라면도 아까워 먹지 않을 때도 있었다.

주린 배를 움켜쥐고 초밥 집을 지날 때 나중에 저 집을 인수해서 한 달 내내 초밥만 먹겠다고 말한 적이 있었다.

물론 그 말은 지켜지지 않았다.

"얼마예요?"

"48,000원입니다. 두 분인데 많이 드셨네요."

"네? 얼마라고요?"

"그러니까, 금색 접시가 4천 원씩인데 그걸 여덟 접시나 드셨어요."

다시 한 번 묻자 주인은 친절하게 웃으며 말했다.

초밥 집은 다섯 가지의 접시로 가격을 표시하고 있었다. 그중 금색 접시가 가장 비쌌다.

"여기 있습니다."

가격을 치르고 있을 때 가인은 화장실에서 나오고 있었다.

"얼마나 나왔어? 돈이 부족하면 내가……."

가인은 바지 주머니 이곳저곳을 뒤적였다.

"벌써 계산했다."

"좀 나왔지?"

"좀이 뭐야. 자그마치……. 아니다."

순간 왜 그런 느낌이 들었는지는 모르지만 나를 쳐다보는 가인이의 눈빛이 너무나 해맑다는 생각이 들었다.

"좋아, 2차는 내가 쏜다. 괜찮은 곳 있으니까 따라와."

가인은 내 기분을 아는지 모르는지 어깨를 치며 말했다.

"후우! 오늘은 운수가 사나운 날인가 보다. 내 의지대로 되는 게 하나도 없네."

앞서가는 가인의 뒷모습을 보고 있자니 한숨이 절로 나왔다.

"뭐해, 빨리 오지 않고?"

"예예, 갑니다, 가요."

가인의 보조를 맞추기 위해 빠른 발걸음으로 걸어갔다.

가인은 큰길을 지나 낯선 골목길을 10분 정도 걸은 후에 멈쳐 섰다.

그곳은 정인(情人)이라는 나무 간판이 걸려 있는 작은 찻집 앞이었다.

작은 찻집에 잘 어울리는 예쁜 문 사이로 진한 차 향기가 배어 나왔다.

문을 열고 들어가자 차 향기가 코를 자극했다.

아담한 탁자 네 개와 한 개의 작은 방이 있는 구조로 되어 있는 전통 찻집이었다.

들어서자마자 코를 자극하는 차 향기의 정체는 쌍화차였다.

"가인아, 오랜만이네."

"안녕하셨어요? 별일 없으셨죠?"

단아하게 머리를 올린 여자 분이 반갑게 가인을 맞이해 주었다.

"없었어. 가인이도 별일 없지?"

"네. 별일 좀 있었으면 좋겠어요."

"후후! 오늘 별일이 있는데? 누구야? 남자 친구?"

"그런 거 아니에요."

가인은 찻집 주인의 말에 고개를 저으며 말했다.

"아니긴 얼굴에 다 쓰여 있는데. 하여간 반가워요. 정인의 주인이자 가인이의 친구인 박시예라고 해요. 앞으로 잘 부탁

해요."

조명 때문인지 아니면 찻집 주인의 말 때문인지 가인의 볼이 조금은 붉어진 것 같았다.

박시예라고 이름을 밝힌 찻집 주인이 내민 손을 잡았다.

"예, 반갑습니다. 강태수입니다."

"가인이하고 잘 어울려요. 우리 가인한테 잘해줘야 해요?"

"이모, 자꾸 이러면 다신 안 와요."

언제나 당당했던 가인의 모습이 아니다.

"알았다. 저기 앞쪽에 있는 방으로 들어가요. 그쪽이 조용해요."

작은 쪽문처럼 되어 있는 방은 아담하고 좋은 냄새가 풍겨 나왔다.

오랜 시간 동안 향긋한 차 향기가 방 안에 배어든 것 같았다.

"이모 말 오해하지 마라."

가인은 앉자마자 내게 말했다.

"나 참, 오해할 게 따로 있지. 걱정하지 말고 편히 앉으세요. 행여 그런 일말의 생각조차 해본 적이 없으니까."

"뭐?"

가인의 눈이 순간 커졌다.

"아니, 왜 그리 정색을 하냐?"

"아니다. 차나 시키자."

가인은 나의 말에 표정이 미묘하게 바뀌었다.

"뭐가 좋으려나. 들어올 때부터 냄새가 진동하던데, 쌍화차가 좋겠네."

"벌써부터 몸을 챙기시려고."

"네가 몰라서 그러는데, 예전부터 쌍화차를 좋아했습니다."

젊은 시절부터 내 입맛에는 커피보다는 전통차가 맞았다. 사람을 만날 때마다 인사동에 있는 전통 찻집을 자주 이용했었다.

"그러셨어요?"

가인이 뾰루퉁한 목소리로 말했다.

왠지 평소와는 다른 느낌이 가인에게서 풍겨왔다.

그 느낌이 수정이에게서 받은 감정의 여운 때문인가 하는 생각이 들었다.

가인은 국화차를, 나는 쌍화차를 시켰다.

작은 상 위로 먹음직스러운 절편과 한과가 함께 딸려 나왔다.

찻잔을 들어 한 모금 음미했다. 그러자 바로 온몸에 만족감이 들었다.

'이 맛이다'

쌍화차를 좋아해 많은 찻집에서 마셔보았지만 나를 만족
시킨 것은 손에 꼽았다.

하지만 지금 마신 쌍화차는 가장 이상적인 맛이 아닐까 하
는 생각이 들었다.

"야! 너무 좋다!"

내 입에서 감탄사가 절로 나왔다.

"맛있지? 여기서 차를 한번 마시면 빠져나올 수 없게 된단
다."

"그러게. 많은 찻집을 다녔지만 이런 맛은 처음이다. 정말
내가 맛본 것 중에서 최고다."

나는 엄지를 치켜들었다.

"또 과장한다. 너는 다 좋은데 왜 그렇게 과장이 심한지 몰
라."

"과장이 아니라니까. 사실을 말해도 믿지 못한다면 할 수
없지. 하여간 이런 멋진 곳을 소개해 줘서 고맙다. 앞으로 단
골이 될 것 같다. 한데 여기 사장님하고는 어떤 관계야? 꽤나
친한 것 같던데."

가인의 말을 이해 못하는 것이 아니다.

살아온 날의 경험을 토대로 말한 사실이어도 지금 보이는
모습은 한낱 고등학생일 뿐이다.

가인에게는 내가 하는 말이 과장스럽게 들릴 수도 있었다.

"돌아가신 엄마 친구 분이야. 가끔 엄마 손에 이끌려서 이곳에 오곤 했지. 예인이는 나와는 다르게 네가 마시고 있는 쌍화차 냄새를 유난히 싫어해서 잘 오지 않았지만."

"생각했던 것과는 전혀 다르네. 나는 네가 이런 곳과는 전혀 어울리지 않는다고 생각되는데."

겉모습에서 보이는 것은 도시적인 느낌이 강한 가인보다는 단아한 예인이가 이곳과는 잘 어울릴 것 같았다.

"사람을 보이는 것만으로 판단하면 안 된다. 예인이도 냄새 때문이지 특별히 싫어하는 것은 아니니까. 이곳에 오면 자꾸 엄마 모습이 그려져서……."

가인의 눈가가 옅게 붉어졌다.

"가인이 우냐?"

나의 장난스런 말투에 가인은 하얀 이를 보이며 헛웃음을 지었다.

"치! 이런 모습 때문에 오기 싫은 거야."

강해 보이기만 하던 가인이 실은 여리디여린 여자란 것을 처음 알게 되었다.

'가인이가 아직 고등학생이라는 것을 잊을 때가 있단 말이야.'

"어머니가 시인이셨다며?"

가인의 어머니는 작가이자 시인이었다.

"그래, 여기서 시를 쓰실 때도 많았어. 시예 이모도 시인이지. 이곳에서 서로가 쓴 시를 바꿔 낭송하면서 행복한 표정을 지으셨어. 정인은 엄마가 남겨놓은 행복한 유산 중에 하나야."

정인은 가인의 어머니와 친구인 박시예 씨가 공동으로 운영하던 가게라고 했다.

하지만 가인의 어머니가 병으로 몸이 약해지자 일선에서 물러나셨다고 한다.

가인은 말하는 도중에 눈을 감으며 깊은 숨을 들이마셨다.

마치 엄마의 향기가 느껴지는 것처럼.

"그래, 나도 한때는 시인을 꿈꾼 적이 있었지. 후우! 현실의 벽이 나를 막아섰지만……."

분위기 때문인지 지난 기억들이 주마등처럼 스쳐 지나갔다. 그러자 저절로 깊은 한숨이 배어나왔다.

"넌 다 좋은데 뜬금없는 말을 할 때면 좀 이렇게 된 것 같아."

가인은 검지로 옆머리를 가리키면서 돌리는 동작을 취했다.

"어찌 뱁새가 황새의 뜻을 알겠니. 다 때가 되면 알게 될 것이다."

"쯧쯧, 사람은 미쳐도 곱게 미쳐야 된다고 했는데, 너는 내가 생각한 것보다 앞으로 더 크게 될 것 같다."

"무슨 말이야?"

가인의 말이 궁금해서 물었다.

"크게 미친놈이 될 거라고."

"뭐?"

"시는 쉽게 나오는 게 아니야. 맑은 영혼을 가지고 있는 사람이 따뜻한 마음으로 인생의 진정한 가치를 발견할 때와 자연을 있는 그대로 바로 볼 수 있게 될 때에만 나오는 거야. 그때에 오는 감동으로 생긴 순수하고 아름다운 운율이 마음의 문을 통해서 파문처럼 퍼져 나오는 것이 시라고 했다."

가인은 자신의 가슴에 손을 얹으며 차분하고 조용한 목소리로 말했다.

"누가 그랬는데?"

"우리 엄마가 그러셨다. 그러니까 이제라도 정신 차리고 살아라."

가인의 말 때문인지 아니면 평소 나를 무시했던 행동 때문인지는 모르겠지만 저 높은 콧대를 눌러주고 싶었다.

"항상 겸손하게 살아가려고 노력하는데 오늘만큼은 안 되겠다. 한번 들어보고 판단해라. 들어보고 아니라면 이제부터 다시는 시란 말을 입에 올리지 않으마."

단호한 내 태도 때문인지 가인은 내 말을 들어보겠다는 표정이다.

"애들이 말장난이나 하는 걸로 읊으면 알아서 해라."

"나 참, 이렇게 사람을 믿지 못해서야."

"그렇지. 이모!"

가인은 무슨 생각인지 문을 열고 정인의 주인을 불렀다.

"왜 그러니?"

"이분께서 자작시를 읊으신대요. 한번 들어보시라고요."

"오, 정말? 태수가 시인인 줄 몰랐네."

정인의 주인이자 문단에 등단한 시인이 기대감을 표출하자 상황이 심각해졌다.

'아직 발표되지 않은 가요의 가사를 그냥 읊조리려고 했는데 안 되겠네. 뭐가 좋을까.'

머릿속에 기억되어 있는 시를 찾았다.

"뭐해? 지금부터 생각해 지으려고?"

가인은 내가 뜸을 들이자 바로 쏘아붙였다.

'아휴! 저걸. 그렇지! 이게 좋겠다.'

때마침 조용한 음악이 낮게 깔리고 있었다.

"제목은 담쟁이입니다."

내겐 허무의 벽으로만 보이는 것이

그 여자에겐 세상으로 통하는 창문인지도 몰라

내겐 무모한 집착으로만 보이는 것이

그 여자에겐 황홀하게 취하는 광기인지도 몰라

누구도 뿌리 내리지 않으려 하는 곳에

뼈가 닳아지도록 뿌리 내리는 저 여자

아, 지독한 사랑이네.

차분하게 모두 읊고는 두 사람의 표정을 보았다.

정인의 주인은 조용히 눈을 감은 채 시의 여운을 즐기는 듯했다.

나를 바라보고 있는 가인의 얼굴은 도저히 믿지 못하겠다는 표정이다.

담쟁이는 이경임의 시다. 더구나 안치환이 노래로 불러 더욱 알려졌다.

"아, 정말 좋다. 태수는 진짜 시인이네. 이 시 우리 집에 액자로 만들어서 걸어두면 좋겠다."

정인의 주인은 눈가에 옅은 눈물까지 보이며 좋아했다. 정인의 벽면에는 여러 시들이 걸려 있었다.

"괜히 부끄럽네요."

나는 머리를 끼적거리며 겸연쩍은 표정을 지었다.

가인은 아직까지 이렇다 할 말이 없었다.

"가인이 남자 친구는 정말 멋있는 친구네. 가만있자, 좋은 시를 들었으니 보답을 해야지?"

박시예 씨의 말에도 가인은 아무런 대꾸가 없었다.

평소 같으면 발끈하고 나섰을 말인데도 조용했다. 정인의 주인은 자리를 떠나 주방으로 향했다.

"별로지?"

나는 가인에게 넌지시 물었다.

"아니, 좋았어. 엄마의 시처럼 가슴을 울렸어."

'인마, 안 좋을 수 있냐. 얼마나 좋은 시인데.'

가인의 말에 나의 입가에 미소가 그려졌다.

"근데, 누구 시야?"

"누구 시라니? 그게 무슨 소리냐?"

"이건 우리 나이 때 나올 만한 시가 아닌 것 같은데. 뭐랄까, 이 시에서 고독과 허무, 그리고 삶의 강한 의지가 보였어."

'누가 시인의 딸 아니랄까 봐 한눈에 알아채네. 여기서 내가 네 말이 맞다 하겠니?'

"잘 봤어. 지금의 내 심정이 그런 상태야. 그리고 이 시에 곡을 붙여서 노래로도 만들었어."

“뭐? 작곡도 했다고?”

“응.”

‘여기까지 하면 네가 아무리 의심을 해도 의심할 수 없는 단계지.’

의미심장한 표정으로 가인의 얼굴을 살폈다. 가인의 표정은 도저히 믿지 못하겠다는 모습이다.

“들려줄까?”

결정타를 날릴 차례였다.

한때 통기타를 끼고 산 적이 있기에 담쟁이의 음을 다 기억하고 있었다.

“자, 여기 이것 좀 먹어봐.”

때마침 정인의 주인이 꿀과 인절미를 조화시킨 퓨전 음식을 내왔다. 보기에도 맛있게 보였다.

“저기, 통기타 있습니까?”

“있지. 잠깐만.”

정인의 주인은 기타를 찾는 이유를 묻지 않았다. 그리고 바로 통기타를 가져다주었다.

“잘 될지 모르겠네요.”

말은 이렇게 했지만 없는 재주 중에 그래도 노래 솜씨 하나만큼은 갖추고 있었다.

카페에 울려 퍼지던 음악까지 끈 상태이다.

조용한 가운데 한쪽 테이블에 앉아 있던 연인들의 시선이 나에게로 향해 있었다.

기타 줄을 조정한 후에 천천히 통기타를 치기 시작했다.

"내겐 허무의 벽으로 보이는 것이 그 여자에겐 세상으로 통하는 창문인지도 몰라 아아아, 오오……."

숨소리도 들리지 않은 조용한 정인에 나의 목소리가 울려 퍼졌다.

노래가 끝나자 너무나 고요한 정적이 흘렀다. 그리고 잠시 뒤 힘찬 박수 소리가 터져 나왔다.

테이블에 앉은 연인이 휘파람까지 불었다.

"아, 정말이지 혼자 듣기 정말 아깝다. 태수는 못하는 게 없는 것 같아."

정인의 주인은 감동을 받은 모습이다.

"아닙니다."

이럴 때일수록 고개를 숙여야 했다.

"이런 멋진 친구를 두어서 가인이는 정말 좋겠다. 다음에 꼭 와서 한 번 더 들려줘요."

정인의 주인은 내게 부탁했다. 그리고는 카페에 들어오는 손님을 맞으러 나갔다.

"좋았어."

기대했던 것보다 가인의 말은 짧았다.

"그래, 내가 뭘 바라겠니."

"뭘 그리 혼자 중얼거려?"

혼잣말로 뱉은 말을 알아듣지 못한 가인이 물었다.

"아무것도 아니다."

"하여간 오늘은 많이 달라 보이네. 처음 봤을 때는 칠칠맞지 못하고 약간 띨띨하게 보였는데."

"뭐, 띨띨? 어딜 봐서 내가 그렇게 보이냐."

"말을 끝까지 경청해서 들어야지. 처음 봤을 때라고 했잖아."

"지금도 그렇게 띨띨하고 칠칠맞게 보이냐?"

"아니, 아주 조금이지만 멋있는 면도 있는 것 같고, 생각보다 성숙한 면도 보이고 그러네."

"하하하, 그러냐?"

가인의 칭찬에 바로 헤픈 웃음을 보였다.

한참 어린 가인의 칭찬에도 이렇게까지 반응한 것에 순간 놀라웠다.

젊어진 육체 때문인지 어색했던 가인의 말투나 친구들의 말투가 자연스럽게 느껴졌다.

아니, 점점 행동이나 말투가 지금 나이에 맞게 나왔다.

정인을 나올 때 정인 주인의 간곡한 부탁으로 당쟁이 시를 적어주고 나왔다.

그 대가는 정인을 방문할 때마다 무료로 차를 제공해 주겠다고 했다.

"오늘 고마웠어."

가인은 손을 내밀며 악수를 청했다.

"나도 좋은 곳을 알게 해줘서 고맙다."

"다음 주부터는 본격적으로 운동할 거니까 단단히 각오하고 와라."

악수를 하던 가인이 손이 뱀처럼 휘어지며 목울대를 가볍게 쳤다.

"컥!"

가벼운 손동작이었는데 막을 수가 없었다. 그리고 순간이었지만 숨을 쉴 수가 없었다.

"간다."

목을 잡고 고개를 숙이는 사이 가인은 벌써 버스에 올라타서는 손을 흔들고 있었다.

그 모습이 참으로 해맑았다.

"아휴! 저걸 그냥."

목에서 손을 떼고 떠나가는 버스를 바라볼 때쯤 고통이 사라졌다.

"가인이를 볼 때마다 먹구름이 살짝 낀 것 같은 모습이었는데 오늘은 조금 다르네. 근데 왜 가인의 움직임에 항상 당할까.”

집으로 향하는 발걸음과 함께 떠오른 생각이다.

금속과 애들과 싸울 때 갑작스런 주먹질도 피했던 차라 의문이 들었다.

Chapter 12

　체육대회가 끝나자 학교생활은 더욱 탄탄대로였다.

　농구 우승과 축구 준우승으로 7년 만에 전자과가 종합 우승을 했다.

　그 우승에 주인공 역할을 했기 때문인지 반 친구들과 과 선생님들의 신뢰를 듬뿍 받았다.

　더욱이 우승 트로피를 받기 위해서 또 한 번 단상에 올라 전교생에게 강한 인상을 남겼다.

　이번 일로 인해서 공부뿐만이 아니라 운동까지 겸비한 학생으로 많은 선생님에게 각인되는 계기가 되었다.

한마디로 잘난 놈이 되어 있었다.

"강 사장님, 오늘은 어떻게 할까요?"

교실로 향할 때 강호가 곁으로 다가와 농담을 건넸다.

"오, 김 과장, 이따가 점심 먹고 이 과장하고 회의 좀 하지."

나는 강호의 어깨를 토닥이며 말했다.

"예, 사장님. 준비하겠습니다."

고개를 숙이며 인사하는 모습에 지나가는 아이들이 키득거리며 웃었다.

점심을 먹자마자 강호, 신구와 함께 빈 교실로 향했다.

특별반이라 하여 방과 후 대입 입시를 목적으로 만든 반이다. 지금은 비어 있었다.

"어떻게, 자금은 준비했냐?"

용산에 가게를 얻기 위해 필요한 자금을 나누어 구하기로 했다.

"내일이면 가능할 거다."

말을 하는 강호의 눈빛이 장난이 아니었다. 뭔가 일을 저지를 것 같은 모습이다.

"너무 무리하지는 마라."

"난 이 일에서 확실한 가능성을 봤다. 취업을 해봤자 뻔하지. 대학 나온 놈들 뒤치다꺼리만 하는 신세보다는 일도 재미

있고 내 적성에도 맞는다."

강호의 말처럼 졸업 후 취업한 선배들 중 상당수가 회사 내의 차별을 느껴서인지 대학에 들어가기 위해 노력하는 것을 보았다.

"성적이나 좋으면 모를까, 나는 취업하기도 빡빡하다. 요새 느끼는 거지만 태수 너하고 있으면 평생 굶어 죽지는 않겠다는 생각이 들었다. 그래서 나도 여기에 올인하기로 했다."

공부보다는 춤과 노는 것에 일가견이 있는 신구다.

키도 크고 덩치가 있어 학교에 들어오자마자 선배들에게 눈에 띄었다. 그리고 바로 불법 서클에 가입했다.

어느새 3학년이 되었다.

신구도 장래에 대한 고민을 할 수밖에 없었다.

"그래, 너희가 함께한다는 말이 정말 고맙다. 알다시피 너희도 이 일을 겪어봤지만 가능성이 큰 아이템이다. 당장은 큰 자본이 필요하지도 않고 기술도 없어도 된다. 하지만 시간이 흐를수록 우리 일을 누군가가 하게 될 것이고, 지금 우리가 얻고 있는 이익을 가져가게 될 것이다. 그러기 전에 우리가 남들보다 한 발, 아니, 열 발을 앞서가는 사람이 되어야 한다. 아직 너희에게 구체적인 이야기는 하지 않았지만 앞으로 우리가 해야 될 일이 정말 많이 있다. 계획은 차차 말해줄 테니까 우리 한번 열심히 해보자."

나의 말에 강호와 신구의 눈이 커졌다.

"언제부터 그렇게 똑똑해졌냐? 꼭 선생님이 하는 말 같다."

신구는 말에 강호가 동조하듯이 고개를 끄떡이며 말했다.

"난 네가 하는 말이라면 무조건 믿는다. 앞으로도 이 마음은 절대로 변하지 않을 것이다."

신구는 어느 순간부터 내 말이면 무조건 따랐다.

"하하, 고맙다. 당분간 우리가 하는 일은 다른 애들에게는 말하지 않는 것이 좋겠다."

"걱정하지 마라. 선생님뿐만 아니라 가족에게도 말하지 않을 거다."

아직은 학생 신분이라는 것이 발목을 잡을 수 있었다.

더구나 어른들의 시선으로 볼 때 우리가 하는 일을 환영하고 반겨주는 사람은 없을 것이다.

만약 지금의 내 모습이 아니었다면 우리가 벌이는 이 일은 세상물정 모르는 아이들의 허황된 장난으로 비쳤을 것이다.

*　　　*　　　*

며칠 뒤 강호가 일을 벌였다.

어릴 적부터 알고 있는 초등학교 여자 동창에게 무릎을 꿇고 부탁을 했다.

자신의 일생이 달린 문제이고 반드시 지금의 은혜를 갚겠다고.

네가 부탁하는 일 한 가지는 무슨 일이 있어도 들어준다는 각서까지 써주면서 허락을 구했다.

여자 동창은 예전부터 강호를 마음에 두고 있는 친구였다. 강호의 부탁에 마지못해 허락하자 강호는 바로 어머니에게 동창과 사고를 쳤다고 말했다.

강호의 어머니는 초등학교 동창을 만나서 확인을 했고, 강호에게 필요한 돈을 내주었다.

그러나 그냥 지나치지는 않았다. 강호는 아버지에게 하루 종일 매타작을 당했다.

다행인 것은 때마침 형이 군대에 있었다.

강호에게 가장 두려운 존재인 형에게 이 소식이 전해졌다면 강호는 바로 송장이 되었을 것이다.

나중 일이지만 이 일로 인해서 강호는 결국 초등학교 동창과 결혼까지 하게 되었다.

신구 또한 돈을 마련하기 위해 목숨을 걸고 출가한 누나와 결혼한 형에게 말했다.

홀어머니와 생활하는 신구의 형편은 넉넉하지 않았다.

신구는 강호를 이용했다.

때마침 강호의 얼굴과 엉덩이가 아버지에게 맞은 흔적이
적나라하게 남아 있었다.

싸움으로 인해서 강호가 머리를 땅에 부딪쳐 CT 촬영을 해
야 한다는 말과 함께 이 일이 원만하게 처리되지 않으면 학교
를 다니기 힘들다고 말했다.

당연히 신구 또한 형에게 죽도록 맞았다. 그리고 형과 누나
가 힘들게 돈을 구해주었다.

그나마 고등학교라도 졸업해서 사람구실이나 하고 살아가
라는 의미였다.

두 사람은 아무리 머리를 굴려도 돈을 구할 방법이 없자 극
단적인 방법까지 쓴 것이다. 나 또한 구할 수 있는 돈이 한계
가 있었다.

비참한 몰골로 나타난 두 친구의 모습을 그저 안타까운 모
습으로 바라볼 수밖에 없었다.

결국 보증금 1,400만 원과 권리금 300만 원을 주고 다섯 평
짜리 가게를 얻을 수 있었다.

월 20만의 월세였다. 계약자는 아버지 이름으로 했다.

조금 남은 돈으로는 주변 가게에서 현금으로 하드와 메모
리를 싸게 구입했다.

또한 학교에 가 있는 동안 전화를 받을 수 있는 여직원을
뽑았다.

　실질적인 가게와 여직원을 뽑자 하루 동안 벌어들이는 돈
이 좀 더 늘어났다.

　그와 동시에 철저하고 체계적으로 시장의 동향을 조사해
나갔다.

　"메모리 동향에 더욱 신경 써야 된다. 그리고 이참에 PC 조
립도 배워놔라."

　나는 강호와 신구를 보며 말했다.

　"그걸 어떻게 하냐?"

　신구는 볼멘소리를 했다.

　"야, 전자과 출신이 그런 소리를 해. 내가 돈 주고 너희에
게 가르쳐 줄 분을 알아놨으니까 하나하나 철저하게 배워둬
라. 우린 지금 장난으로 이러는 게 아니야. 지금은 아니지만
앞으로 조립 PC를 많이 찾을 거다."

　컴퓨터의 가격이 장난이 아니었기에 웬만한 집이 아니고
서는 가정용 PC를 들여놓기에는 큰 부담이 되었다. 더구나
대기업에서 내놓는 PC는 더욱 비쌌다.

　그래서 학교에서나 중소 기업체에서 조립 PC를 많이 찾았
다.

　가게를 얻고 난 후부터는 학교가 끝나면 무조건 용산으로
향했다.

　전화로 주문이 들어온 곳에 부품을 배달해 주었다. 거래하

는 가게마다 사장 얼굴도 볼 수 없는데 직원들만 열심이라고 말했다.

가게를 열고 나서부터는 PC 부품뿐만 아니라 일반 전자부품도 연계해서 취급했다.

예전 회사 생활 중 개발되는 제품의 부품 구입 때문에 청계천 상가와 용산전자상가를 자주 찾았었다.

외국에서 개발된 적정한 IC 부품을 찾아 제품을 개발하는 것도 쉽지 않았다.

정확한 사양과 성능을 파악해서 안내해 주면 거래는 쉽게 되었다.

전문적인 지식과 영어가 필요했다. 그래서 그런지 용산 부품 가게에서는 시도하지 않고 있었다.

국내 대기업을 상대하는 전문적인 부품 회사에서만 엔지니어가 상주하여 그런 서비스를 제공했다.

한때 벤처기업에 근무할 때 전공을 살려 기술적인 노하우를 많이 축적하려고 노력한 적이 있었다. 하지만 항상 부딪쳤던 벽이 영어였다.

개발하려는 제품의 회로도를 분석하고 파악하려고 할 때 가장 중심이 되는 CPU나 각 IC 제품의 성능을 나타내는 설명서는 전부 영문으로 되어 있었다.

더욱이 소프트웨어와 연동되어 돌아가는 제품들이라 하드

웨어적인 프로그램을 아는 것도 필요했다.

국내에서 개발된 IC 제품은 극소수에 불과했다.

지금은 외국 기업에서 만들어내는 첨단 제품을 따라가기 급급했다.

내가 공업고등학교를 졸업한 후 회사 생활과 야간대학을 병행하던 시절이었다.

회사 생활에서 오는 피곤함 때문인지 마음속에서 일어난 열정만큼 크게 늘지 않았다.

대학을 나온 사람과 나오지 않은 사람과의 차별을 몸소 느꼈기에 어려운 형편에서도 대학 진학을 선택했다.

늘 피곤함을 달고 다니던 그때가 처음으로 주식에 대해 알게 된 시기이기도 했다.

＊　　＊　　＊

심장이 터질 것만 같았다. 하지만 멈출 수가 없었다.

"헉! 헉!"

앞서가는 가인이 계속 뛰고 있었다.

'쟤는 여자도 아니야.'

산길을 쉬지 않고 뛴 지도 한 시간 하고 십 분을 훌쩍 넘어서고 있었다.

　매일 아침 30분씩 하는 조깅 덕분에 체력은 점점 자신감이
생겼다.

　하지만 지금 한 마리 노루처럼 나무 사이를 이리저리 뛰어
가는 가인을 따라잡을 수 없었다.

　"어어!"

　결국 힘이 빠져 튀어나온 나무뿌리에 다리가 걸려 넘어지
고 말았다. 넘어진 충격에서 오는 고통은 잠깐이었다.

　차라리 이렇게 넘어진 것이 잘됐다 싶었다.

　"뭐해?!"

　벌러덩 넘어져 있는 내가 일어날 기미가 없자 가인이 소리
쳤다.

　"뭐하긴, 더 이상 달릴 힘이 없다."

　평지도 아니고 험한 길로만 오르락내리락한 지도 한참이
다.

　이쯤에서 멈추겠지 생각하면 가인은 더욱 속력을 내어 달
렸다.

　가인이 중장거리 육상선수로 나가면 아마도 아시안게임에
서 분명히 메달을 딸 것이다.

　"쯧쯧! 남자가 이렇게 체력이 없어서야."

　혀를 차며 누워 있는 나를 내려다보는 가인도 땀을 흘리
고 있었다. 하지만 신기하게도 나처럼 숨이 거칠어지지는

않았다.

"헉헉! 넌 철인이냐? 어떻게 여자가 이렇게 힘든 구간을 뛰었는데 숨도 안 차냐?"

나는 힘들게 상체를 일으키며 물었다.

"고작 몇 달 운동한 사람하고 평생을 해온 사람하고 비교가 된다고 생각해?"

"아무리 그래도 그렇지. TV에서 보니까 태릉선수촌의 국가대표 선수들도 산길을 30분 이상 뛰니까 호흡이 거칠어지던데."

"그건……. 빨리 일어나기나 해. 이러다가 밥도 못 먹어."

가인은 나의 말에 답하려고 하다가 바로 말을 바꾸었다.

공휴일을 맞아 오전 일찍 가인의 집을 찾았었다.

송 관장은 아직까지 직접 가르치려고 하지 않았다.

"아침마다 달리는데도 이렇게 숨이 차니."

"호흡이 중요해. 모든 움직임에는 숨을 어떻게 내쉬고 들이마시는지에 따라서 몸의 반응이 달라지지."

가인은 머리를 다시 동여매며 말했다.

"무슨 말이야?"

재빨리 가인의 옆으로 붙으며 물었다.

"때가 되면 알게 될 거다. 지금은 열심히 체력이나 길러."

"말을 하지 말든가."

실망스러움에 가인에게 향했던 고개를 돌렸다.

"어때, 여기서부터 집에 먼저 도착하는 사람한테 오늘 영화 보여주기?"

"누구 좋으라고. 이길 사람이 뻔한데. 지금은 걷기도 힘들다."

나는 말은 그렇게 했지만 곁눈질로 달려갈 동선을 파악하고 있었다.

대략 집까지 500m 정도 남겨둔 거리였다.

"남자가 왜 그래? 나도 힘든 건 마찬가지야."

가인의 말도 사실이었다. 가인의 옷도 땀으로 흠뻑 젖어 있었다.

"그런데 저게 뭐지?"

"뭐가?"

가인이 내가 가리킨 곳을 향해 고개를 돌릴 때 앞으로 튀어나갔다.

"영화에다 점심, 저녁까지다!"

아직도 멍하니 서 있는 가인을 돌아보며 외쳤다.

순식간에 가인과의 거리가 30m 이상 벌어진 것 같았다.

"장거리는 몰라도 단거리는 자신 있다."

20분 정도 천천히 걸어온 상태라 그나마 체력이 회복된 상태였다.

더구나 몇 백 미터 남겨둔 상황이라면 충분히 이길 수 있다고 생각했다.

뒤를 돌아보았다.

산에서 주택가로 이어진 긴 계단을 다 내려올 때까지도 가인의 모습은 보이지 않았다.

승리는 바로 눈앞에 있었다. 앞쪽 길모퉁이만 돌면 가인의 집이 보인다.

"손발이 안 되면 머리라도 잘 써야지. 크하하하!"

계단의 끝자락을 바라보며 큰 소리로 웃고 있을 때였다.

검은 그림자가 계단의 맨 위쪽에서 허공으로 치솟았다.

"말도 안 돼!"

그림자는 마치 공중에서 유영하듯이 날고 있는 것처럼 보였다.

놀란 입을 벌리고 있는 사이 그림자는 내 머리 위를 지나며 허공에서 공중제비를 돌았다. 그리고 지면에 가볍게 착지했다.

그림자는 다름 아닌 가인이었다.

"나 먼저 간다."

놀란 나를 뒤로한 채 가인은 집으로 달려가고 있었다.

"이게 말이 돼? 높이가 장난이 아닌데."

영화에서나 가능한 일을 생생하게 목격한 것이다.

"혹시 백 년 묵은 여우 아닌가?"

생각해 보니 의심스러운 점이 한두 가지가 아니었다.

지금도 상식적으로 도저히 믿지 못할 상황이었다.

*　　　*　　　*

나는 집에 들어가지 않고는 대문 뒤에 숨어 마당 안을 조심스럽게 살폈다.

그때 뒤에서 소리가 들렸다.

"뭐해요, 오빠?"

"헉! 예인아!"

뒤에 서 있는 예인을 보면서 나는 엉덩방아를 찧었다.

온통 신경을 집 안쪽에 쏟고 있었다.

"왜 그렇게 놀라세요?"

"넌 집에 있지 않았니?"

엉거주춤 일어나며 물었다.

예인은 대답 대신 비닐봉지를 들어 보였다.

봉지에는 두부가 들어 있었다.

"어서 들어가요. 씻고 아침밥 먹어야죠."

"궁금한 게 있어서 그러는데, 너희 두 자매의 고향이 어디니?"

뜬금없는 말에 예인은 애가 오늘 따라 왜 그럴까 하는 표정
이다.

"서울. 갑자기 고향은 왜 물어?"

"아니, 그냥 궁금해서. 강원도나 깊은 산골 같은 곳은 아니
지?"

나는 머리를 긁적거리며 다시금 물었다.

"운동이 좀 과했어요. 오늘 따라 이상한 말만 하고. 서울시
서대문구에서 태어났어."

"하하! 그랬구나. 좋은 동네지. 빨리 들어가자."

계면쩍은 웃음을 보이며 예인을 앞서서 집으로 들어갔다.
백년 묵은 여우라니 괜한 생각이었다.

딸깍!

집에 들어서자 화장실 문이 열리며 씻고 나오는 가인과 바
로 마주쳤다.

"으히히! 영화에다 점심과 저녁이렷다."

머리를 털면서 말하는 가인은 만면에 웃음을 짓고 있었다.

"무슨 말이야?"

바로 뒤에 들어오던 예인이 물었다.

"오늘 이 언니가 재미있는 영화하고 맛있는 것 사줄 테니
기대해라. 으히히히!"

희한한 웃음소리를 내며 자신의 방으로 들어가는 가인이

었다.

"언니가 기분이 좋은가 봐. 간만에 듣는 웃음소리네. 무슨 일 있었어요?"

예인의 말에 나는 가인가 내기를 했다고 말해주었다.

"어쩐 기분이 좋아 보인다 했네. 그런데 나도 동참해도 돼? 나까지 포함하면 출혈이 심할 텐데."

"괜찮아. 근데 모든 동작에 있어서 호흡이 중요하다는 말이 무슨 말이야?"

가인이 답을 해주지 않은 질문을 혹시나 하는 마음에 예인에게 물었다.

"언니가 그러던가요?"

"응. 단지 그 말만 하고는 입을 닫아버렸거든. 더구나 산에서 동네로 이어지는 계단을 단숨에 날아서 내려왔는데……지금도 믿기지가 않는다."

나의 말에 예인은 잠시 무언가를 생각하는 표정이었다. 그리고 입을 열었다.

"오빠는 기(氣)란 말을 한 번쯤은 들어보셨죠?"

예인의 말에 나는 고개를 끄떡였다.

"들어봤지."

"언니가 한 행동은 모두 기와 연관되어진 모습이에요. 몸 속에 축적된 기를 활용해서 평소보다 육체가 할 수 있는 일을 더욱 증가시키는 거죠.”

“그게 무슨 말이야?”

예인의 말에 의문이 생겼다.

“쉽게 말해 보통 사람보다 빨리 달리거나 오래 달릴 수 있게 해주는 것이라든지. 음, 보통 사람들이 어렵게 생각하는 높은 곳에서 뛰어내리거나 장애물을 뛰어넘는 것을 수월하게 하는 것쯤이라 해야 되나.”

“영화나 무협지에서 본 것처럼 거대한 나무를 뛰어넘고 절벽을 날아오르는 것도 가능한 거야?”

나는 예인의 말에 진진한 표정으로 되물었다.

“그 정도는 아니에요. 하지만 보통 사람이 불가능하다고 여기는 것을 해낼 수 있다고 보시면 돼요. 언니가 시키는 걸 잘 따라 하세요. 저와 언니가 아빠한테 배운 방법을 그대로 태수 오빠에게 전수하는 거니까. 어느 정도 기초가 갖추어지면 아빠가 호흡에 관해서 가르쳐 주실 거예요.”

“그럼 나도 가인이가 했던 걸 할 수 있겠네?”

덜컹 방문이 열리면서 가인의 목소리가 뒷전을 때렸다.

“꿈도 야무지네! 지금 하는 거나 잘하세요!”

“열심히 하고 있잖아. 근데 얼마나 하면 너처럼 가능하냐?”

기대감에 부풀어 가인에게 되물었다.

"뭐 빠르면 10년에서 15년 정도면 가능하지 않을까?"

가인은 소파에 털썩 주저앉으며 말했다.

"에이, 농담이지? 10년이라니."

"스승이 제자에게 농담이나 하겠어? 내 경험을 바탕으로 말해주는 거야."

가인의 말투는 평소와 다르지 않았다. 하지만 농담으로 한 말 같지는 않았다.

"예인아, 가인이가 한 말이 사실이니?"

"글쎄요. 오빠가 어느 경지까지를 바라보는지는 모르겠지만 기를 제대로 활용할 수 있는 경지에 올라서려면 그 정도의 시간은 투자해야 되겠죠."

예인은 말을 마치고는 주방으로 들어갔다.

"아! 10년이면 강산이 변하는 세월인데……."

작은 탄식을 하고 있는 와중에 뒤통수에 충격이 전해졌다.

"인마, 10년은 금방이야. 더구나 전쟁에 나가 싸울 격투술을 익히는 것도 아닌데 뭔 걱정이야."

머리를 만지면서 뒤를 돌아보았다. 뒤쪽에는 얼굴에 거친 수염이 가득한 관장이 나와 있었다.

"나오셨어요."

"열심히 하고 있지?"

"예, 나름대로는 열심히 하고는 있습니다. 근데 정말 10년

씩이나 걸리나요?"

나는 다시 한 번 관장에게 물었다.

"뭘 어떻게 하느냐에 따라 다르지. 건강을 위해서 심신을 단련하는 정도로만 생각한다면 1년만 충실하게 운동해도 될 수 있지. 하지만 진정한 무도가라면 그 정도에서 멈추고 싶어하지 않지. 태수가 뭘 하고 싶은지는 모르겠지만 10년이 될지 아니면 더 걸릴지는 모르겠다. 하지만 꾸준히 몸의 안과 밖을 수련하고 단련하면 강함을 넘어서는 유연함까지 깨달을 수 있을 것이다. 그게 진정한 힘을 낼 수 있는 요소라고 할 수 있지."

"전 아직까지 잘 모르겠습니다."

관장의 말은 모호하게 다가왔다.

"하하! 모르는 게 당연한 거야. 너무 급하게 생각하지 말고 단단하게 기초를 쌓아. 그래야 쉽게 무너지지 않는다. 안을 강하게 하기 위해서는 그걸 받쳐주는 신체도 탄탄해야 된다. 일단 내가 그만하라고 할 때까지 체력을 길러놓아라."

"알겠습니다."

"그래야지. 음, 언제 맡아봐도 우리 예인의 된장찌개 냄새는 예술이야."

관장은 나의 어깨를 가볍게 치며 주방으로 향했다.

"가자. 우리도 밥 먹어야지."

가인의 말에 나도 주방으로 발걸음을 옮겼다.

어느새 이곳을 드나든 날도 두 달이 다 되어간다.

아직까지 특별한 것을 배우지는 않았지만 물렁하던 살이 단단하게 제자리를 찾아가는 느낌이 들었다.

＊　　＊　　＊

긴 생머리를 곱게 양쪽으로 땋은 예인이는 흰색 블라우스와 무릎 아래를 덮는 분홍색 치마를 입고 나왔다.

옷차림에 걸맞은 작은 가방을 어깨에 멘 예인이의 모습은 정말이지 패션 잡지책에 나오는 모델보다도 아름답고 싱그러웠다.

"야아! 패션모델보다 훨씬 예쁘다!"

절로 감탄과 찬사가 나왔다.

"그렇게 봐주니 고마워."

예인은 수줍은 듯 양 볼이 살짝 붉어졌다.

"아니야. 사실 그대로를 말하는 거야."

예인과 같이 서 있는 가인도 그에 못지않았다.

하지만 상냥하고 늘 오빠라 불러주는 예인이 더 예뻐 보이는 것은 어쩔 수 없었다.

"입에 침이나 닦고 말하지."

가인은 자신을 본체만체하는 것이 불만인지 말투가 퉁명
스러웠다.

"침이 어디 묻었다고 그래?"

가인의 말에 나는 입술을 훔쳤다.

그 순간 가인은 대문 앞에 서 있는 나를 밀치며 앞서갔다.

"길 막지 말고 비키시지."

짧은 커트머리에 잘 어울리는 셔츠와 청바지를 입은 가인
의 뒷모습은 멋졌다.

"후후, 언니가 질투하는 것 처음 보네. 오빠를 좋아하는 것
같은데?"

그런 가인의 모습을 보는 예인이 웃으며 말했다.

"가인이가 나를? 에이! 그런 농담 말아라. 가인이는 평상시
에도 나를 보기만 해도 끓어오르는 활화산이야."

예인의 말에 고개를 절레절레 흔들며 말하는 순간, 가인의
앙칼진 목소리가 들렸다.

"안 갈 거야? 1시까지는 극장에 도착해야 된다고! 빨랑빨
랑 좀 움직여!"

"봐라. 나를 향해 적개심에 불타는 저 모습을."

나는 예인을 향해 작은 소리로 말했다.

"후후, 내 눈에는 그렇게 안 보이는데. 어서 가요."

예인은 옆으로 다가와 팔짱을 꼈다.

그 순간 기분 좋은 라일락 향기가 전해왔다. 그 향기에 심장이 빠르게 뛰기 시작했다.

*　　　*　　　*

즐겁게 시작된 데이트는 처음부터 꼬였다.

기다리던 버스가 생각보다 늦게 왔다. 길도 심하게 막혔다. 버스 안에서 가인은 늦어진 모든 책임을 나에게 떠넘겼다.

가인의 말에 제대로 대꾸조차 못하고 우물쭈물하는 내 모습이 재미있는지 예인은 미소만 지었다.

나는 이상하리만치 가인 앞에서는 고양이 앞의 쥐처럼 제대로 대응을 하지 못했다.

"석 장 주세요. 영화 시작했나요?"

"아직 본 영화는 시작 안 했습니다. 빨리 들어가시면 됩니다."

"후우! 다행이네."

표를 판매하는 안내원의 말을 듣고는 절로 안도의 한숨이 나왔다.

팔짱을 낀 채 무섭게 노려보고 있는 가인의 시선이 느껴졌다.

극장 안의 불은 이미 꺼져 있었다. 막 영화가 시작되는 순간이었다.

전편에 크게 성공한 액션 영화라서 그런지 극장 안은 관객으로 만원이었다. 이미 5편까지 만들어진 영화를 나는 모두 봤다.

상영 중인 영화는 스토리를 다 알고 있는 다이하드였다.

과거로 넘어와 아쉬운 점은 새로운 영화를 볼 수 없다는 점이었다.

흥행한 웬만한 영화를 모두 본 영화 마니아였기 때문에 더욱 그랬다.

영화 내내 숨을 죽이는 액션에 관객들은 몰입했다.

가인과 예인도 마찬가지였다.

주인공이 위기에 처하는 순간마다 깜짝 놀라며 예인은 나의 팔을 붙잡았다.

영화보다는 그런 행동을 보이는 예인에게 자꾸 시선이 갔다.

영화가 막을 내리자 아쉬운 탄성이 여기저기에서 들려왔다.

나 또한 영화가 좀 더 길었으면 하는 마음이 컸다.

영화를 보는 관객들과는 다른 마음으로.

"오빠, 너무 재미있게 봤어요."

예인은 흥미진진한 표정으로 말했다.

"나도 무척 재미있었어."

"생각보다 재밌네."

가인도 영화에 만족했는지 말투가 부드러워져 있었다.

많은 사람이 저마다 영화에 대해 이야기를 하며 나오고 있었다.

그때 딱 소리와 함께 머리에 강한 충격이 왔다.

"이 새끼를 여기서 보네."

머리를 감싸며 뒤를 돌아보았다. 불량기로 도배한 모습의 남녀 여섯이 서 있었다.

"뭐야?"

아무 이유도 없이 뒤통수를 가격당하자 절로 목소리가 커졌다.

"누군데 함부로 머리를 칩니까?"

처음 보는 사람들이다.

"이 새끼, 꼴에 깔다구를 둘씩이나 끼고 있네."

왼쪽 검은 티셔츠를 입은 놈이 입을 열자 그제야 생각났다. 용산전자상가에서 만났던 놈들이다.

모두들 머리 스타일이 바뀌어 처음에는 알아보지 못했다.

"그러게. 깔치들이 삼삼한데?"

내 목에 공업용 카터 칼을 갖다 대었던 놈의 시선이 가인과 예인을 바라보며 말했다.

"말 좀 조심하지? 송 관장님께 당하고도 정신을 차리지 못했네?"

나의 말에 노란 머리를 했던 놈이 즉각적으로 반응했다.

"뭐라고, 씨발 놈아! 좆만 한 새끼가 여자들 있다고 가후 잡는데?"

큰 소리로 욕을 하자 지나가는 사람들의 시선이 쏠렸다. 하지만 그런 것에는 아랑곳하지 않는 놈들이다.

놈들은 이전이나 지금이나 바뀐 것이 아무것도 없었다.

"누구야? 아는 애들이야?"

한 발 뒤에 떨어져 있던 가인이 옆으로 다가오며 말했다.

"관장님과 더욱 가깝게 해준 당사자들이지."

가인에게는 전에 용산에서의 일을 이야기했었다.

"아! 그 싸가지 없었다는 양아치들?"

나의 말에 가인이 감탄사까지 연발하며 말하자 놈들의 표정이 싸늘하게 바뀌었다.

"뭐! 이런 개년이 다 있어?"

머리를 무스로 바짝 올려 세운 놈이 발끈했다.

"오빠, 사람들이 쳐다보잖아. 일단 자리를 옮겨서 조져 버리자."

말을 뱉은 여자애는 껌을 쩍쩍 씹고 있었다.

　　머리카락을 노랗게 물들인 상태였다. 빨간색 짧은 치마 아래로 내려온 굵은 다리에는 어울리지 않은 검은 스타킹을 신고 있었다.

　　옷과 몸매의 매치가 전혀 되지 않는 여자애였다.

　　"상대하지 말고 그냥 가자."

　　상황을 주시하던 예인이 내 팔을 끌며 말했다.

　　예인은 무서워서 피하는 것이 아닌 더러워서 피해야겠다는 표정이다.

　　"쌍년아, 넌 나서지 마라. 저런 년이 난 제일 재수없더라."

　　무스로 머리를 빠짝 세운 놈 옆에서 껌으로 풍선을 불고 있던 여자애의 목소리다.

　　작은 눈에 얼굴에는 주근깨가 가득했다.

　　예인에게 욕을 퍼부은 여자애는 칭찬 받기를 원하는 표정으로 남자애를 쳐다보았다.

　　"맞는 말이지. 저런 년이 꼭 뒤로 호박씨 깐다니까. 개년!"

　　끼리끼리 논다는 말이 맞는 듯 입에서 나오는 말이 남자애들을 능가했다.

　　"주둥이에 똥이 들었나. 어쩜 생긴 것처럼 말을 하네. 야, 앞장서, 따라갈 테니."

　　예인이가 욕을 들어먹자 가인이 앞으로 나서며 말했다.

　　"큭큭큭! 미라한테 얼굴 이야기하면 안 되는데."

가인의 말에 남자 놈들이 웃었다.

"뭐라고! 불여우처럼 생긴 년이! 오빠! 저년 가만둘 거야?"

가인이 말한 여자애는 눈, 코, 입이 모두 한곳으로 쏠려 있어 약간 맹해 보였다.

거기다 어디서 수술했는지 쌍까풀을 너무 과하게 해서 눈이 맹꽁이처럼 도드라져 튀어나와 보였다.

"저 씹새끼보다 기집년이 깡다구가 있네. 그러지 않아도 네놈 상판대기를 꼭 다시 한 번 보고 싶었다. 튈 생각 하지 말고 잘 따라와라."

노란 머리를 스포츠머리 형태로 바꾼 리더 놈이 앞장서며 말했다.

"가인아, 이놈들 칼도 가지고 있으니 나서지 마라."

가인의 실력은 잘 알고 있다. 하지만 칼까지 가지고 다니며 물불을 안 가리는 놈들이기에 걱정이 되었다.

"왜? 걱정돼? 위급한 상황에서는 너나 나서지 마."

가인은 오히려 나를 염려하는 눈치였다.

예인은 더 이상 나와 가인을 말리지 않았다. 물러나면 오히려 더 달라붙을 거머리 같은 애들이라는 걸 파악한 것 같았다.

앞장서 가는 놈들은 자꾸 뒤를 돌아보며 우리가 잘 따라오는지 확인했다.

가인과 예인이 있어 쉽게 도망가지 못하리라고 생각했는지 이전처럼 다가와 위협을 가하지는 않았다.

그들은 건물 철거를 위해 포장을 친 건물 앞에 멈춰 섰다. 주변을 살피다 안으로 들어갈 곳을 찾았다.

"행여 도망갈 생각 말고 따라 들어와라."

들어갈 곳이 마땅치 않자 칼을 꺼내 들고는 건물 주변을 둘러싼 포장을 찢고 안으로 들어갔다.

리더인 스포츠머리가 먼저 들어갔다. 그리고 가인과 나, 예인까지 들어가는 것을 확인한 후에야 뒤쪽에서 감시하던 놈들이 따라 들어왔다.

건물 안으로 들어서자마자 우리가 달아날 것을 염려했는지 입구 쪽을 막아섰다.

"씹새! 재미 좋았나 봐? 이런 삼삼한 애들을 꾀어서 데리고 다니게."

"말 좀 곱게 하지?"

하는 말마다 욕이 섞여 나오는 것이 너무나 거슬렸다.

"하하하! 이 새끼, 안 본 사이에 많이 컸네. 너, 여자애들만 놔두고 그냥 가라. 엉아가 큰맘 먹고 오늘만 특별히 봐준다."

"이 새끼 때문에 오늘 재미 좀 보겠는데?"

무스로 머리를 올린 놈이 스포츠머리의 말이 무슨 뜻인지 알아들은 양 히죽거렸다.

"오빠, 저년들에게 반한 거야? 시발! 예쁜 것들은 이래서 재수가 없어."

스포츠머리 옆에 있는 노란 머리의 여자애가 입을 삐죽거리며 말을 받았다.

말도 안 되는 이야기로 시시덕거리는 모습에 열이 뻗친 내가 소리를 질렀다.

"뭐 이런 개 같은 새끼들이 다 있어! 너희를 낳은 부모님께 죄송하지도 않냐? 그때 관장님께 들은 이야기는 똥구멍으로 들었어!"

"뭐라고, 시발 놈아!"

스포츠머리가 열 받았는지 다짜고짜 주먹을 내 면상을 향해 거칠게 휘둘렀다.

그때 작은 무게감이 어깨에 걸쳐지는 느낌이 들었다.

퍽!

그와 동시에 경쾌한 타격 음이 들려왔다.

털썩!

주먹을 자신 있게 휘두르며 다가오던 스포츠머리가 몸의 균형을 잡지 못하고 비틀거리다 무릎을 꿇었다.

내가 서 있는 곳에서 한 발짝 떨어진 곳에서는 가인이 가볍게 손을 털고 있었다.

모든 게 순간이었다.

　가인이 한 마리 날쌘 제비처럼 가볍게 내 어깨를 짚고는 가위차기로 스포츠머리의 얼굴을 정확하게 가격한 것이다.

　동작이 너무나 빨라서 가인이 어떻게 움직였는지 눈으로 보지 못했다.

　"시발! 퉤!"

　피가 섞인 침을 뱉으며 고개를 처든 스포츠머리의 입에서 피가 흥건하게 흐르고 있었다.

　자신이 왜 무릎을 꿇었는지 모르겠다는 표정이다.

　"네가 살아갈 날이 많은 것 같아서 발에 힘을 좀 뺐다. 아니었으면 이빨이 몽땅 성치 않았을 거다. 무례하게 행동한 것 사과해라."

　가인의 말에 서 있는 두 놈이 황당한 표정이 되었다.

　자신들도 눈으로 봤지만 믿어지지 않았다.

　"히히! 시발 년! 넌 사람을 잘못 건드렸어! 뭐해, 새끼들아! 죽여 버려!"

　스포츠머리의 외침에 두 놈이 각목과 쇠파이프를 집어 들었다.

　공사를 하기 위해 준비한 자재들이 주변에 널려 있었다. 여자애들도 가벼운 쇠붙이를 찾아 손에 쥐었다.

　"말로 해서는 안 될 놈들이군."

　가인이 손을 가볍게 털며 말했다.

"개년! 네 얼굴과 몸뚱이를 확실히 망쳐주지!"

스포츠머리는 힘들게 일어나며 품속에서 잭나이프를 꺼내 들었다.

이전에 갖고 있던 커터 칼보다도 훨씬 크고 위험해 보였다.

여자아이들은 뒤에 있는 예인이를 둘러쌌다.

가인이가 보인 모습을 봤기 때문인지 가인에게는 접근하지 않았다.

우려한 대로 스포츠머리가 손에 칼을 들자 두려운 생각이 들었다.

개념이 전혀 없는 아이들이라 잘못하면 큰 불상사로 이어질 수도 있었다.

히죽거리며 가인에게 서서히 다가오는 스포츠머리는 피를 봐서 그런지 충혈된 눈가에 광기까지 엿보였다.

나머지 두 놈은 나를 향해서 들고 있는 쇠파이프를 휘두르며 다가왔다.

"위험한 것들은 내려놔요."

예인은 끝까지 여자애들을 설득하려 했다.

"예인아, 내 뒤로 와."

나는 예인을 향해 말했다.

무술이 뛰어난 아버지를 두고 있어도 예인까지 가인이와 같은 실력을 보인다는 보장이 없었다.

예인이는 보호본능을 일으키게 하는 모습이어서 특히 그
랬다.

가인의 실력은 충분히 알고 있지만 예인은 지금껏 가인이
와 같은 모습을 보인 적이 없었다.

"괜찮아요. 오빠가 뒤로 물러나 계세요."

예인은 오히려 나를 걱정해 주었다.

"재수없는 년! 너나 걱정해!"

예인의 말을 듣던 여자아이 하나가 들고 있는 굵은 철사를
예인의 머리를 향해 내려쳤다.

"예인아, 조심해!"

여자아이의 갑작스런 행동에 깜짝 놀라 소리쳤다.

남자라도 피하기 힘든 상황이었다.

순간 머릿속에 그려진 모습 때문에 나는 눈을 감아버렸다.

"아악!"

들려오는 고통스런 여자아이의 비명에 눈을 떴다.

비명 소리의 주인공은 예인이 아니었다.

굵은 철사를 휘둘렀던 여자아이가 손가락을 부여잡은 채
계속해서 비명을 질러댔다.

부여잡고 있는 손가락이 위로 꺾여 있었다.

"병신 같은 년! 조용히 안 해!"

스포츠머리의 입에서는 여자 친구의 고통을 위로하는 말

이 나오지 않았다.

"시발 년들, 뭐 좀 배웠나 본데 나한테는 통하지 않아."

스포츠머리는 들고 있는 나이프를 오른손에서 왼손으로 바꿔가며 가인을 위협했다.

손에 쥐어진 나이프를 절대적으로 믿는 표정이다.

가인은 스포츠머리의 말에 대꾸하지 않았다.

그저 담담히 놈을 바라보기만 했다. 오히려 지켜보고 있는 내가 다 떨렸다.

나머지 두 놈은 가인에게 접근하지 못하도록 나를 한쪽으로 몰아세웠다.

스포츠머리는 뱀이 눈을 아리는 것처럼 이리저리 가인을 노려보며 기회를 엿봤다.

놈은 가인의 눈앞에서 묘기를 부리듯이 잭나이프를 이리 저리 휘둘렀다.

그러나 가인은 눈 하나 깜짝하지 않았다.

그 때문에 성질이 났는지 가인의 얼굴을 향해 잭나이프를 그었다.

"쌍년! 죽어!"

스포츠머리의 거칠고 확신에 찬 목소리였다.

긴 호선을 그리며 가인에게 향하는 스포츠머리의 팔이 느리게 보였다.

그 순간 가인이 움직이는 모습이 똑똑히 보였다.

가인은 앞으로 미끄러지듯이 한 걸음을 움직였다.

동시에 살짝 무릎을 구부리는 동작에 이어서 오른손을 기이하게 뻗어 날아오는 스포츠머리의 손등을 강하게 치는 것까지 보았다.

그리고 이어진 동작은 너무나 빨라 자세히 볼 수 없었다. 마치 뱀이 먹이를 휘어잡듯이 스포츠머리의 잭나이프를 쥐고 있던 팔을 감아버리는 것 같았다.

우두─

뚝!

"아악!"

뼈가 부러지는 끔찍한 소리와 함께 공사장이 떠나갈 듯한 비명 소리가 동시에 터져 나왔다.

앞으로 그대로 주저앉은 스포츠머리의 팔이 반대쪽으로 90도 정도 어긋나 있었다. 그리고는 고통 때문에 몸을 부들부들 떨기 시작했다.

"뭐냐, 시발!"

"어떻게 한 거야?"

나와 대치 중이었던 두 놈이 리더인 스포츠머리가 당하자 심하게 놀라고 있었다.

지금까지 가인의 이런 움직임을 두 번이나 봤는데도 어떻게 움직인 건지 알 수가 없었다.

여자아이들은 들고 있던 굵은 철사를 내던지고는 울고 있는 여자애를 부축하고 있었다.

"혹시 백발마녀 아냐?"

짙게 화장을 한 여자애가 옆에 있는 여자아이에게 조용히 말을 건넸다.

"세원여고 백발마녀라면 청류공고 선배들도 아작 내버렸다는……."

청류공고는 강북에서 알아주는 골통과 사고뭉치들이 모여드는 고등학교였다. 근처에 있는 어중간한 고등학교는 다 꽉 잡고 있었다.

청류공고는 다른 지역으로 원정을 가서 돈을 뜯어내기도 했다.

학교를 졸업하면 근처 지역에서 활동하는 폭력조직에 들어가는 아이들도 꽤 있다는 소문이 들리기도 했다.

"맞아. 졸라 예쁘고 모델 같다고 했어."

서로 소문으로 들은 백발마녀 이야기를 주고받았다.

그리고 가인과 예인이 방금 보여준 모습을 소문의 주인공에 맞춰보고 있었다.

여자애들이 나누는 이야기를 남자애들도 듣곤 주춤하는 모습이다.

"가인아, 괜찮아?"

남자애들이 주춤하는 사이 가인에게 다가가서 물었다.

여자아이들은 일찌감치 예인에게서 떨어진 상태였다.

"음, 괜찮아. 순간 너무 화가 나서 과하게 힘을 준 것 같네."

아무렇지 않다는 듯이 나를 향해 하얀 이를 보이며 말했다.

남자애들은 더 이상 위협적인 행동을 취하지 않았다.

오히려 이제는 우리의 눈치를 보았다. 그때 뒤쪽에서 조심스런 말투가 들렸다.

"저 혹시 세원여고……."

하지만 말을 끝내기 전에 호루라기 소리가 강하게 들렸다.

"삑! 너희! 거기서 뭐해!"

우리가 들어왔던 곳 반대편에서 문이 열리며 경비 모자를 쓴 아저씨가 소리쳤다.

"안 되겠다. 빨리 나가자."

아이들은 부상당한 놈을 부축하고는 재빨리 공사장 밖으로 도망치듯이 나갔다.

우리는 경비아저씨가 다가오기까지 자리를 지켰다.

"너희, 여기 어떻게 들어왔어?"

경비아저씨의 말에 내가 나서서 건물에 들어오게 된 자초지종을 말했다.

경비아저씨가 아니었다면 부리나케 도망간 아이들에게 큰 일을 당할 뻔했다는 말도 덧붙였다.

"큰일 날 뻔했구나. 요즘 애들이 예전 같지 않아서."

경비아저씨는 가인과 예인을 바라보며 말했다.

두 자매의 모습이 워낙 예쁘고 착하게 보여서 그런지 경비 아저씨는 내가 하는 말을 모두 믿는 눈치였다.

행여 도망간 아이들이 밖에서 기다리다 해코지를 할까 주 변을 살펴주기까지 했다.

경비아저씨에게 고맙다는 인사를 건네고 나오자 배에서 바로 신호를 보내왔다.

긴장 때문에 잊고 있던 배고픔이 몰려온 것이다.

우리는 식사를 하기 위해 가까운 식당으로 들어섰다.

"괜찮을까?"

종업원에게 안내된 자리에 앉으며 내가 물었다.

"뭐가?"

가인이 나를 바라보며 되물었다.

"도망간 애들 말이야. 많이 다친 것 같던데."

"바로 병원에 가면 괜찮을 거야. 칼을 휘두르는 바람에 좀 과하게 힘을 주기는 했지. 한동안 고생은 좀 할 거야."

약간 미안한 기분이 들었는지 가인은 코끝을 찡그렸다.

가인의 그런 행동은 미안해할 때 나오는 버릇이다.

"혹시 해코지는 안 하겠지? 아까 여자애들이 너를 아는 것
처럼 말하던데."

"아마도 나를 제대로 알고 있으면 그러지 못할 거야."

가인은 자신 있게 말했다.

"그럼 다행이고. 아까는 정말 두 사람이 잘못될까 봐 심장
이 터져 버리는 줄 알았어."

나는 종업원이 가져다 준 찬물을 단숨에 비우면서 말했다.

"걱정이 많이 되신 표정이 아니던데?"

가인의 말에 나는 눈을 크게 뜨고 말했다.

"그런 말이 어디 있어?"

멍해진 내 표정을 보고 가인이 말했다.

"농담이야, 농담. 그러니까 정말 바보 같다. 깔깔깔!"

"뭐야! 걱정해 준 사람을 갖고 노는 거야?"

"미안. 오빠가 너무 심각한 표정을 짓고 있어서."

가인의 입에서 자연스럽게 오빠라는 말이 나왔다.

"너 방금 오빠라고 했냐?"

"왜, 싫어? 싫으면 원래대로 하든가."

"아니야. 듣기 좋은데? 우리 맛있는 것 좀 먹자. 아줌마, 여
기 꽃등심 3인분 주세요!"

가인의 말에 나는 손사래를 치며 말했다.

메뉴판을 보자마자 가장 비싼 메뉴로 시켰다.

“오빠, 너무 비싸요.”

예인이 가격표를 확인하고는 놀란 표정으로 말했다.

고등학생 세 명이 점심으로 먹기에는 비싼 음식임이 분명했다.

“걱정하지 마라. 이 오빠가 이 정도 사줄 능력은 된다.”

“복권이라도 맞았어? 예인이 말처럼 너무 오버하는 것 아니야? 다들 부모님께 용돈 타 쓰는 처진데.”

가인의 말에 지금 내가 하고 있는 일을 말해줄까 하는 생각도 들었다.

하지만 괜한 오해를 살까 봐 말하지 않았다. 대신 장학금 받은 일을 이야기해 주었다.

“와! 오빠 공부 잘하나 봐? 다시 봐야겠는데?”

예인은 탄성을 지르며 말했다.

“예인이는 나를 제대로 못 봤네. 오빠한테는 공부가 제일 쉬워.”

내 입에서 이런 소리가 나올 줄은 몰랐다.

소위 명문대를 수석으로 들어가거나 대학 수능을 만점을 받은 학생들이 했던 말이다.

그런 말을 들을 때마다 ‘까고 있네’ 라고 날리곤 했다. 그런 내 입에서 공부가 쉽다는 말을 하게 될 줄이야.

“그래, 그러면 개인 과외 좀 해야겠다. 예인이는 알아서 잘

하는 타입인데 내가 좀 실력이 안 되거든.”

가인의 입에서 뜻밖의 소리가 나왔다.

“어, 그래?”

“왜, 싫어?”

“아니야. 잘됐네. 서로 주고받으면 되겠네.”

사실 내가 가인이를 가르칠 정도가 되나 하는 생각이 들었다.

인문계를 다니는 가인이와 실업계를 다니는 나와는 차이가 있었다.

정확히 중요 과목을 배우는 시간에서 차이가 났다.

실습을 포함해서 전공과목의 시간이 3분의 1 이상을 차지하고 있었다.

“둘의 실력이…….”

‘아차, 실수했다.’

전교에서 일이 등을 한다는 소리를 분명히 예인이한테 들었다.

기분이 업되어 앞서나간 것이 탈이었다.

“음, 예인이는 뭐 전교 5등 안에 드는 실력이고 나는 반에서 10등 안팎에서 놀아.”

가인은 내가 알고 있다는 것을 모르는지 실제와 다르게 말했다.

"그 정도면 과외 받을 필요 없겠네. 그리고 내가 말을 좀 실수한 게 있는데……."

"아니! 원하는 곳에 지원하려면 지금 실력 갖고는 안 돼. 더구나 우리 집은 비싼 등록금을 턱턱 낼 정도로 부자가 아니거든. 그래서 장학금을 받아야 돼. 무슨 말인지 알겠지?"

가인은 들어온 고기를 불판에 얹으며 말했다.

"내가 그 정도 실력은 안 되는데……."

가인의 말에 한발 뺐다.

"남아일언 중천금. 남자가 한 번 뱉은 말을 주어 담아서야 되겠어? 더구나 오빠 뒤 사람이."

가인은 오빠란 말에 힘주어서 말했다.

"야, 그걸 거기에 빗대어 말하면 안 되지."

이상하게도 예인은 말이 없었다. 분명히 지금의 상황을 알면서도 말이다.

"예인아, 고기 탄다. 어서 먹어."

가인은 내 말을 귀담아듣지 않았다.

"오빠, 너무 걱정 말아요. 가인 언니가 그렇게 꽉 막힌 사람은 아니에요."

"어, 그렇긴 하지."

괜히 예인의 눈치를 살폈다.

"고기나 드세요, 오라버니. 걱정은 나중에 하시고요."

가인은 고기를 한 점 집어 내 입에 넣어주었다.

비싼 만큼 맛있었다.

더구나 가인이가 전에 볼 수 없었던 눈웃음까지 덤으로 선사했다.

그래서인지 고기 맛이 더욱 좋았다.

'이럴 때는 정말 예쁘단 말이야. 또 엉뚱한 생각을 하는구나. 어린애를 앞에 두고.'

"정말 맛있다. 타기 전에 빨리 먹자."

든든한 배를 채우는 사이에 두 자매와 왠지 모를 정이 깊어짐을 느꼈다.

Chapter 13

학교생활도 익숙해질 때쯤 우려했던 일이 벌어졌다.

잠시 잊고 있던 금속과의 문제가 대두되었다.

전자과의 특성상 다른 과와는 다르게 여자가 있다는 게 문제였다.

금속과의 한 친구가 반에 있는 승희라는 여자애를 마음에 두고 있었다.

문제는 그 친구에게는 같은 반 친구인 준호라는 남자 친구가 있었다.

지속적으로 금속과에 있는 아이가 찝쩍대자 승희는 준호

에게 말했다.

준호는 우연히 길에서 승희에게 접근하던 금속과 당사자와 마주쳤고, 말다툼 끝에 싸움으로 이어졌다.

준호가 힘에 밀리자 주변에 있던 빗자루를 휘둘러 금속과 친구 머리에 상처를 입혔다.

전자과는 평소 같았으면 금속과 아이들을 피했다.

그러나 나와 금속과와의 다툼이 있은 후부터는 반 친구들이 쉽게 물러서지 않고 있었다.

금속과 아이에게 상처를 입힌 것이 문제가 되었다.

자존심이 상한 금속과 아이들이 집단으로 들고일어났다.

대수롭지 않게 여긴 전자과에게 두 번이나 당하자 더 이상 참지 못하겠다는 이유였다.

더구나 금속과를 꽉 잡고 있는 박종수가 대회를 마쳤다.

종수는 쟁쟁한 친구들을 물리치고 서울시장배에서 2위를 차지했다.

박종수는 용맥클럽에 속해 있는 전자과 친구를 통해 말을 전해왔다.

싸움의 원인을 제공한 나와 준호를 포함해서 2대 2로 돌아오는 토요일 한강 고수부지에서 결판을 내자는 것이었다.

집단적으로 싸우지 말고 당사자끼리 해결하자는 말로 인

하여 졸지에 나와 준호가 전자과의 대표선수가 되어버렸
다.

"태수야, 어떡하냐? 박종수가 이번 대회에서 전국대회 금
메달을 딴 놈한테 정말 아깝게 졌대."

강호는 아침부터 호들갑을 떨었다.

"뭘 어떡해? 피할 수도 없는 일인데. 근데 나 겁먹으라고
하는 소리야?"

"그게 아니고 대책을 세우자는 이야기지."

"지금 와서 무슨 대책이 있냐. 실컷 쥐어터지든지 아니면
행운의 럭키 펀치로 한 방에 보내든지 둘 중 하나지."

강호의 턱밑으로 주먹을 쥐어 보이며 말했다.

"야, 상대는 내가 아니고 박종수야. 하여간 경기를 본 놈이
그러는데 몸이 정말 표범처럼 빠르단다. 이번에 우승한 놈도
꽤나 고전하다가 여기에 한 방 넣고는 승기를 잡을 수 있었단
다."

강호가 주먹을 쥐어 내 옆구리에 펀치를 갖다 붙였다.

그때 영화 친구의 장면이 불현듯 떠올랐다.

"강호야, 그러면 니가 나가라. 내 대신."

나는 부산 사투리로 목소리를 깔았다. 내 말에 강호는 뭔
소리인가 하는 표정이다.

"에이, 진짜 너무하네. 아무리 사장이라도 그렇지 나보고

가서 죽으라는 거잖아."

"와, 싫나? 알았다. 내가 갈게. 고수부지에. 그리고 내일부터 사무실 책상 빼라."

강호의 말에 나는 더욱 목소리에 힘주어 말했다.

적지 않은 월급을 받고 있는 강호는 옷차림과 씀씀이가 달라져 있었다.

집에서 받아온 용돈과는 비교도 되지 않았다. 더구나 집에다 일정 금액을 갖다 드리자 강호의 부모님은 강호를 달리 보기 시작했다.

"시바! 알았다. 정말 죽기야 하겠냐? 아, 정말 더러워서 빨리 성공해야지."

강호는 심각한 말투와 표정 때문인지 내 말을 진심으로 받아들였다.

그 모습에 장난을 더 걸고 싶었다.

"너밖에 없다. 신구 놈은 이런 상황에 어디 가 있는지 코빼기도 안 보이고 말이야. 앞으로 우리 회사가 더욱 커지면 임원을 두어야 하는데 네가 가장 적합하다, 이 상무!"

나는 강호의 어깨에 손을 얹으며 말했다.

강호는 내 말에 눈이 커졌다. 지금까지 내가 한 말은 모두 사실로 이루어졌기 때문이다.

"강 사장님, 정말이십니까?"

강호의 입꼬리가 바로 올라가며 아부 섞인 말로 대꾸했
다.

"이 상무, 내가 말한 것 중에 거짓이 있었습니까?"

"아니, 없었지요, 사장님."

이럴 때 나와 강호는 죽이 잘 맞았다.

토요일에 벌어질 걱정은 그날 생각하고 싶었다.

지금은 보다 확실하게 사업 기반을 만들 수 있는 돈을 벌어
들일 방법이 절실했다.

시간이 좀 흐르자 용산에서 내가 하는 방법을 따라 하는 매
장이 나오기 시작했다.

지금보다 차별화시키지 않으면 이전처럼 돈을 벌 수 없었
다.

아직까지는 발품을 팔아서 작성해 놓은 업체 리스트가 도
움이 되었다.

하지만 자본금이 부족한 지금은 대량으로 물품을 주문해
서 단가를 낮추기가 힘들었다.

거래하는 업체들도 영세하기는 마찬가지라 제품 수량이
많아지면 현금 결제를 꺼렸다.

그나마 PC 조립을 의뢰하는 건수가 늘어난 것이 위안이었
다.

아직까지 컴퓨터는 대중화되기에는 가격이 고가였다.

가장 일반적인 컴퓨터 가격이 백만 원을 훌쩍 넘었다.

메모리도 아직까지 1메가 장착이 기본이었다.

1메가만 추가로 장착하려고 해도 10만 원이나 더 들어갔다.

하드 또한 기껏해야 50메가를 넘지 못했다.

현재 CPU는 80286을 쓰는 AT(Advanced Technology)가 시장을 주도하고 이었다.

가장 처음에 나온 16비트 IBM은 1MHz 클럭의 8086 CPU를 쓰는 모델이었고, 그다음이 8088을 쓰는 XT(eXTra)였다.

앞으로 계속해서 80386, 80486, 펜티엄이 이어서 출시될 것이다.

그나마 모니터는 흑백에서 서서히 컬러 모니터로 바뀌는 추세였다.

도스가 친숙했던 시절 MS사는 윈도우 버전 2까지 별 주목을 받지 못하다가 1990년 Windows 3.0이라는 멋진 프로그램을 만들었고, 이 프로그램은 대 히트를 쳤다.

어찌 보면 컴퓨터 업종도 꽤나 군침이 도는 사업 아이템이었다.

하지만 알다시피 2000년도 중반에 들어서면서 컴퓨터를 주력으로 삼았던 삼부컴퓨터와 현아컴퓨터를 비롯한 중소 컴퓨터 업체들 대부분이 도미노처럼 무너졌다.

삼부컴퓨터는 한때 21세기 한국 IT업계를 이끌 3대 기업이라는 평가를 받았다. 2001년 삼부컴퓨터의 자회사가 50여 개에 달했다.

그런데 기능과 다양성 위주에서 가격 위주로 바뀌는 PC 시장의 트렌드에 제대로 대응하지 못한 것이다.

원래 삼부는 데스크톱과 공공 수주 부문에서 경쟁력이 강했다.

그러나 시장은 반대로 가고 있었다. 노트북과 개인 사용자 시장이 확대되고 있었던 것이다.

더구나 세계 PC 시장은 중국·대만 업체들이 급격히 성장하는 추세였고, ODM(제조업자 개발 생산 방식) 중심의 수익 모델에서 변신하지 못한 컴퓨터 업체들은 뒤처지기 시작했다.

모든 것을 알고 있는 나였지만 제조업체는 마음이 가지 않았다.

큰 덩치를 갖고 있는 제조업체는 변혁의 물결이 다양해지는 21세기 트렌드와 변화에 약했다.

내 머릿속에서는 애플의 사업 방식이 가장 이상적이라고 여겼다.

제조 공장을 자체적으로 갖지 않고도 콘텐츠와 창의적인 프로그램으로 전 세계의 어떤 기업보다도 많은 이익을 창출

해 내는 독창적인 기업을 꿈꾸고 있는지도 모른다.

　아직 먼 나라의 이야기지만 반드시 그 꿈을 내가 이루고 싶었다.

『변혁 1990』 2권에 계속…

獨步行 독보행

임영기 新무협 판타지 소설

FANTASTIC ORIENTAL HEROES

그날, 심산유곡에서 수련하던
한 명의 소년이 강호로 내려왔다.

모든 이가 소년을 비웃고,
모든 무사가 그를 깔봤다.

소년은 흔들리지 않는다.
"이 천하를 독보(獨步)하리라!"

한번 시작한 걸음, 결코 멈추지 않으리라.

천하여! 무림이여!
대무영(大武英)이 간다!

Book Publishing CHUNGEORAM

유행이 아닌 자유추구
WWW.chungeoram.com

ALCHEMIST

FUSION FANTASTIC STORY 시이람 장편 소설

2013년, 또 하나의 현대물이 깨어닌다.
현대에서 펼쳐지는 연금마법진의 진수!

인간 최초의 9서클을 이룩한 마법사 아스란.
죽음의 위기에서 그가 남긴 유지가
차원을 넘어 지구에 떨어진다.

일리미트 비블리어시카(Illimite bibliotheca)!

그 무한한 힘과 지식을 얻게 된 김창준.
3년 전으로 돌아간 날을 기점으로,
삶이, 인생이, 그의 희망이 바뀐다!

**현대에 강림한 진정한 마법사의 전설!
끝도 없이 세상을 향해 날개를 펼치다!**